COLLECTION FOLIO

Thomas Gunzig

Kuru

Gallimard

Né en 1970 à Bruxelles, Thomas Gunzig a reçu plusieurs prix en Belgique. En trois recueils de nouvelles burlesques et noires, il a imposé son style.

Mort d'un parfait bilingue, son premier roman, a reçu le prix Victor-Rossel 2001.

Pour Hanna

RIPPER :

Mandrake. Mandrake, have you ever wondered why I drink only distilled water, or rain water, and only pure grain alcohol ?

MANDRAKE :

Well, it did occur to me, Jack, yes.

RIPPER :

Have you ever heard of a thing called fluoridation ? Fluoridation of water ?

MANDRAKE :

Ah, yes, I have heard of that, Jack. Yes.

Ripper :

Well, do you know what it is ?

MANDRAKE :

No. No, I don't know what it is. No.

RIPPER :

Do you realize that fluoridation is the most monstrously conceived and dangerous communist plot we have ever had to face ?

Window in the office is shot through by automatic weapons fire.

STANLEY KUBRICK,
Dr Strangelove

« Pour beaucoup d'entre nous, la "bataille de Seattle" a été ce que certains nomment une "prise de conscience", mais que les sorcières appelleraient un "acte de magie". »

STARHAWK,
Femmes, magie et politique.

« Une fois atteint le choix d'objet hétérosexuel, les tendances homosexuelles ne sont pas, comme on pourrait croire, supprimées ou suspendues, mais simplement écartées du but sexuel et amenées à de nouvelles utilisations. »

FREUD,
Le Président Schreber.

Kuru : Maladie du système nerveux de la famille des encéphalopaties spongiformes subaigües à un prion (...). Le traitement est inconnu. Le kuru a presque disparu car la consommation rituelle de cerveaux humains a quasiment cessé d'être pratiquée.

Grand Larousse médical

Première partie

1
Fly Tox

Depuis ses dix-sept ans, Fred avait des mouches à l'intérieur de la tête. Elles volaient et se posaient un peu partout, quelquefois si nombreuses qu'il avait l'impression d'avoir un presse-agrume en marche à la place des lobes temporaux. Quelquefois plus discrètes quand elles n'étaient qu'une ou deux et que leur bourdonnement n'était pas plus gênant que celui d'un poste de radio mal réglé mais avec le volume au minimum.

Quand, peu de temps après la mort de sa mère, les premiers insectes étaient arrivés, il avait jugé bon de n'en parler à personne. Il n'était pas fou, il savait que son père l'enverrait se faire soigner, qu'il passerait de longues heures à s'entretenir avec des médecins qui l'écouteraient en hochant la tête, qu'on lui ferait prendre des anxiolytiques en lui faisant croire que c'était de la vitamine C et que, entre les séances de thérapie de groupe et ses séjours en clinique, on lui aurait peu à peu vidé le cerveau de sa substance, comme un melon à la petite cuillère.

Bref, pour Fred, ces mouches c'était son « petit truc dont il ne parlait jamais et avec lequel il pouvait bien vivre ». Ce n'était pas très grave, il savait que d'autres gens, souvent des gens importants d'ailleurs, avaient des problèmes bien plus gros que le sien. Il savait que Nixon pendant toute la durée de sa présidence avait dialogué avec la voix d'un dieu venu de Mercure, il savait qu'Hector Berlioz avait longtemps voué une passion morbide aux matières fécales et il savait, en tout cas il l'avait entendu dire, que le pape lui-même se croyait être l'incarnation de saint Jean, l'auteur de l'Apocalypse. De plus, avec le temps, Fred avait fini par comprendre ce qui les faisait proliférer, ces mouches. Lorsqu'il était chez lui, au calme, à fumer des joints, à parler de Gilles Deleuze pendant des heures au téléphone avec ses copains, à écouter de la musique ou à regarder la télévision, elles étaient calmes, comme si c'était l'hiver et que le froid les faisait se tenir à carreau. Par contre, quand pour l'une ou l'autre raison comme, par exemple, une discussion avec son père où il se faisait reprocher de ne pas chercher de travail, d'être dépendant à son âge d'un versement mensuel qui n'avait rien à voir avec un salaire, de ne même pas essayer de faire un effort et qu'il devait rester assis dans le moche salon ringard à écouter ce crétin de droite lui balancer toute sa philosophie mesquine d'entrepreneur des années quatre-vingt, alors les mouches sortaient de leurs trous, par paquets nerveux et bruyants, se collaient partout, pondaient des œufs et le forçaient une fois rentré chez lui à garder la tête sous un robinet d'eau glacée jusqu'à en avoir mal au crâne.

2
Les images de la télévision

Fred passait de drôles de journées à ne pas faire grand-chose. Des journées toutes molles dans son appartement au thermostat réglé sur 20 °C, des journées qui commençaient tard, après une grasse matinée sans joie, des journées à essayer de lire et de comprendre des essais de philosophie et de théorie politique dont il croyait deviner le sens mais qui, en même temps, lui vrillaient la tête à force de concepts et de références. *« Ce qui revient en propre aux sciences véritables, aux sciences valables comme telles, autrement dit ce qui constitue l'idée de la science, c'est cela que la logique a pour but de rechercher, afin que nous puissions ainsi mesurer, d'après ce critère, si les sciences empiriques existantes sont conformes à cette idée, ou dans quelle mesure elles s'en approchent et en quoi elles sont en opposition avec elle. »* Husserl et la phénoménologie lui occasionnaient mille petites écorchures sur le système nerveux central.

« Les prélèvements de flux constituent un stock filiatif dans la chaîne signifiante ; mais inversement les détachements de chaînes constituent des dettes mobiles d'alliance, qui orientent

et dirigent les flux. » Deleuze faisait naître en lui de sourdes angoisses.

« *Le sacrifice assume ainsi une figure singulièrement radicale et paradoxale. Ce n'est pas un sacrifice pour quelque chose ou pour quelqu'un, tout en étant, en un sens, un sacrifice pour tout et pour tous. Dans un sens essentiel, c'est un sacrifice pour rien, si l'on entend par le rien, ce qui n'est pas un étant.* » Patočka, qui lui apparaissait comme un lointain cousin assassiné, lui donnait aussi malheureusement l'impression d'être perdu en plein brouillard dans une lande glacée.

« *Ainsi, mille complots en faveur de l'ordre établi s'enchevêtrent et se combattent un peu partout, avec l'imbrication toujours plus poussée des réseaux et des questions ou actions secrètes ; et leur processus d'intégration rapide à chaque branche de l'économie, la politique, la culture.* » D'abord c'était plus clair, il préférait. Mais un ou deux de ses copains cultivaient vis-à-vis de *La Société du spectacle* une suspicion nébuleuse qui l'empêchait d'être complètement enthousiaste.

Ces journées molles, passées par 20 °C dans son appartement, Fred les passait aussi à regarder la télévision, couché sur un canapé Ikea grisâtre, un pied sur l'accoudoir, l'autre sur le sol agité de mouvements de métronome, les yeux fixes, les mouches rares.

3

Un coup de téléphone, la fenêtre, l'appétit

L'univers social de Fred se composait de cinq personnes, pas une de plus pas une de moins, qui chacune occupaient une place bien précise dans le petit avion qui figurait sa vie. Si lui, Fred, évidemment était aux commandes, son copilote était sa copine Kristine. Son mécanicien était son copain Pierre et son steward son copain Paul. À la tour de contrôle, à toujours faire chier pour des questions de cap, à toujours filer des autorisations ou non pour tel ou tel couloir aérien, pour telle ou telle piste d'atterrissage, il y avait ce connard d'entrepreneur des années quatre-vingt qui lui servait de père. Et puis il y avait, comme unique passagère, bien installée en première classe devant un repas servi dans de la porcelaine de Limoges, enveloppée dans un peignoir en soie sauvage, le regard perdu sur l'horizon des strato-cumulus, Katerine, sa cousine.

Kristine était plutôt une jolie fille mais son visage lui évoquait malgré tout celui d'un jeune bouc. C'était quelque chose dans la forme du menton ou dans le friselis de ses cheveux sombres, ou bien quelque chose dans l'attitude générale, dans le regard, peut-être dans la voix. Il ne savait pas. Mais ce qu'il savait c'est que cette image de jeune bouc qu'il avait d'elle l'avait toujours empêché d'envisager avec elle autre chose qu'une relation amicale. Oui, bien sûr, ils étaient sortis ensemble plus de dix ans plus tôt, l'année de leur rencontre en terminale. Ils avaient même couché ensemble, mais c'était tout. La chose avait fini par se décolorer comme un tee-shirt bon marché lavé trop souvent et il n'était rapidement resté de leur histoire d'amour qu'un vieux linge aux contours fades. L'amitié qui avait suivi était par contre solide et durable. Kristine était plus intelligente et plus engagée que lui. Elle avait vraiment lu Marx, Proudhon, Lénine, Rosa Luxemburg, Derrida, Virilio, toute la clique et elle faisait partie d'un tas de collectifs, d'associations, de groupes de discussion et de réflexion : Attac, Amnesty, le Gral, l'AGC. Elle venait d'une famille tellement riche qu'ils avaient des couvre-lits en peau de loutre, des draps signés Dolce & Gabbana, une voiture qui consommait vingt litres de super en ville, une femme de chambre et une maison en Corse avec piscine. Kristine, tout ce fric et l'esprit qui allait avec, ça l'avait dégoûtée. Elle avait fini par les planter là et la simple vue d'un chéquier ou d'une carte de crédit suffisait à la faire vomir tant elle savait que c'était à cet endroit précis que le mal plantait ses racines, que c'était là l'origine de toute la merde nauséabonde qui, selon ses dires, envahissait le monde depuis des lustres.

Fred en était là à penser dieu sait pourquoi à sa copine Kristine, à revoir devant ses yeux son visage de bouc, à repenser comment dix ans plus tôt lors de la nuit qu'ils avaient passée ensemble, elle lui avait avoué les yeux mi-clos une quantité impressionnante de choses sur les sentiments qu'elle éprouvait à son égard : elle l'aimait, elle l'avait toujours aimé, elle lui appartiendrait jusqu'à la fin des temps, elle voulait pendant mille ans rester blottie comme un chaton contre lui. Sur le moment Fred avait regretté que ce ne fût pas sa cousine qui lui balance tout ça. Il avait fermé les yeux, il avait essayé de penser à Katerine, mais la voix de Kristine venait court-circuiter les images, il s'était tourné vers elle, elle avait l'air d'une petite bergère portugaise qui voit une apparition, il lui avait demandé de se taire. La fille avait sursauté comme si elle avait reçu un crachat en plein dans l'œil, du temps avait passé et ils étaient devenus amis. C'était il y avait plus de dix ans.

Fred se releva, il était à peine vêtu d'un short en coton Nike et il alla jusqu'à la fenêtre. Il regarda les toits, sa tête était complètement vide, à peine une mouche posée quelque part tout au fond, il avait un peu faim, mais il ne savait pas de quoi, un truc salé. Il chercha dans son frigo, mais il n'y restait que du beurre et un vieux concombre qu'il jeta. Le téléphone sonna. C'était Kristine.

4
« Figlio di puta »

Kristine lui avait dit :

– Allume la télévision et rappelle-moi après. Et elle avait raccroché.

Fred était retourné sur le canapé Ikea. Il se dit qu'il n'aurait peut-être pas dû jeter le concombre, qu'il aurait pu se faire une salade ou même un masque rafraîchissant pour le visage et il alluma la télévision. Il tomba d'abord sur un feuilleton allemand où un flic à l'air fatigué disait à un immigré turc : « Je sais que c'est toi. Un bon conseil, dis-moi ce que tu sais, tu verras, tu te sentiras mieux. » L'immigré turc hochait la tête. Sur la chaîne suivante une jeune beur hyper bien roulée chantait : « C'est pour toi, c'est pour moi, on est là, on est loin de la zone, ma vie est pour toi... » Fred regarda un peu. Se demanda ce que faisait cette fille quand elle ne faisait pas de clip, si elle avait un mec, si elle avait un bel appartement où elle se promenait à poil, puis il repensa à Kristine et il changea de nouveau. Il tomba pile sur les images qu'elle devait regarder.

C'étaient des images du journal télévisé, reconnaissable au petit sigle coloré dans le coin inférieur droit de l'écran. C'était un vrai sale truc, une manifestation qui tournait mal. Des paquets de gens, certains avec des cagoules, s'opposaient à des paquets de flics habillés en noir. L'image n'était pas terrible, genre image d'amateur tournée en mini-dv, ça tanguait dans tous les sens, le type s'excitait pas mal avec le zoom mais c'était quand même assez clair. Le présentateur du journal télévisé commentait tout ça avec sa traditionnelle voix monocorde : « Les premiers groupes de manifestants sont arrivés tôt ce matin et se sont réunis devant l'entrée principale de la zone interdite. D'abord bon enfant, l'attitude de ces opposants venus de toute l'Europe est rapidement devenue agressive, donnant à cette journée un tour nettement plus dramatique. Des provocateurs armés de gourdins, de pierres et de cocktails Molotov ont harcelé la police durant plusieurs heures avant que celle-ci, sur ordre du ministre, finisse par donner l'assaut. Ces images, tournées par une caméra amateur, donnent une idée de l'extrême violence des affrontements... » Sur l'écran, un groupe de cinq policiers poursuivait une grosse fille en tee-shirt et la faisait tomber à terre. Plus loin, une poignée de types retournaient une minuscule Fiat rouge.

Fred avait vraiment faim maintenant. Il retourna dans la cuisine, ouvrit tous ses placards et finit par trouver un paquet de chips à moitié vide, ouvert une semaine plus tôt quand Pierre lui avait rendu visite. La bouche pleine il se réinstalla sur son canapé. Les images avaient changé, on voyait maintenant une camionnette de flics au milieu d'une trentaine de manifestants. Soudain l'image bascula. Une voix hurlait : « No, no, no, figlio di puta. No ! » L'image se redresse et zoome sur un corps étendu. La même séquence était reprise une nouvelle fois mais au ralenti. Un cercle blanc entoure une main sortie de la camionnette pointant une arme sur la foule. Fred avait terminé ses chips et lisait la composition de ce qu'il venait d'avaler. Pour la seconde fois de la journée, le téléphone sonna.

5

Je suis un artiste

Fred ne s'était pas du tout préparé à entendre la voix de son père. Normalement, quand il savait qu'il allait lui parler il arrivait à limiter les dégâts cérébraux en coulant son système nerveux dans de la silicone, une technique simple mise au point des années plus tôt et consistant à garder les yeux fixés sur un mur en répétant longuement la phrase : Calme-toi, calme-toi. La silicone figeait alors peu à peu ses émotions, comme des petits insectes pris dans de l'ambre. Mais aujourd'hui, Fred était pris à l'improviste et les mouches affluèrent par milliers de tous les coins les plus sombres de sa cervelle, à tel point qu'il dut faire d'énormes efforts de concentration pour comprendre ce que cet ignoble chef d'entreprise de seconde zone pouvait bien lui vouloir. Son père avait la voix de quelqu'un dont l'haleine sent la menthe, quelqu'un qui va dans une salle de sport trois fois par semaine, roule en BMW et entretient des rapports amicaux avec son courtier en placements. Il lui avait dit avec cette voix détestable : « Tu m'écoutes, dis ? Tu m'écoutes ? » Avant que Fred lui réponde que oui, oui il l'écoutait qu'est-ce qu'il y avait. Il fallait aller vite et être bref car il avait pas mal de trucs à faire aujourd'hui. Son père eut un petit rire cryogénisé et lui demanda ce qu'était la dizaine de retraits sur le compte qu'il lui avait ouvert à la banque et que signifiait l'achat quatre fois consécutivement la même journée d'un masque de plongée, d'une paire de palmes et d'un tuba.

Fred ne supportait pas que son père, cet infect trou-du-cul dont le patrimoine génétique lui semblait plus éloigné du sien que celui de l'opossum, ait un droit de regard sur sa vie sous prétexte qu'il lui versait mensuellement une somme largement inférieure à celle d'un salaire de cadre. Il lui dit qu'il ne pouvait pas comprendre, qu'il faisait ce qu'il voulait, que s'il achetait quatre fois dans la même journée un masque, des palmes et des tubas et que même si ça lui faisait donc, rangés sous l'évier de la cuisine, quatre masques, quatre tubas et huit palmes, c'était son problème, qu'il était un artiste, qu'il avait une vision à court, à moyen et à long terme de son œuvre et que l'achat répétitif de matériel de plongée en faisait partie.

Fred se rendit compte qu'il avait haussé le ton plus que nécessaire. Sur la fin, il s'était presque mis à crier. Quand il se tut, cent milliards de mouches avaient envahi l'espace confiné de son cerveau, lui laissant à peine assez de clairvoyance pour se dire qu'il venait de faire une connerie en criant sur son père, car sur son père, les cris c'était comme des baffes dans la figure.

Son père dit :

– Ne crie jamais sur moi. D'accord ? Jamais.

Il avait pris sa voix de tortionnaire chilien qui faisait si peur à Fred depuis qu'il était gamin.

– Ce que je voulais dire c'était que…

Le Chilien ne le laissa pas finir.

– Si tu continues comme ça je te coupe les vivres. Il faut que tu le saches.

– Ce que je voulais dire c'était que… répéta encore Fred.

– C'est moi qui voulais te dire quelque chose. Ta cousine vient dîner ce soir. Je crois que ça lui ferait plaisir que tu sois là.

– Ce que je voulais dire c'était que.

– À ce soir alors ?

– À ce soir.

6
Aller vraiment mal

Il avait passé pas mal de temps à se préparer. Immédiatement après le coup de fil de son père, il s'était assis sur son lit, face au mur, et il avait répété la phrase : « calme-toi, calme-toi » dans l'espoir de fixer dans un glacis cryogénique le double million de mouches qui s'était mis à vrombir frénétiquement derrière ses yeux. Ça n'avait pas marché, il avait été pris par surprise, c'était trop tard pour la prévention, l'heure était aux soins palliatifs. Il fallait qu'il ait l'air de quelqu'un qui va bien, de quelqu'un pour qui il n'y a aucun problème, de quelqu'un pour qui la vie ressemble à des vacances à Crans-Montana en début de saison quand les pistes sont impeccables. Il se doucha, se rasa, aspergea son corps d'after-shave et enfila les vêtements les plus frais qu'il avait pu trouver dans son armoire : le pantalon d'un costume qu'il avait acheté pour un mariage deux ans plus tôt, coton noir, coupe Armani, et le haut d'un survêtement Adidas « Grand Sport » à l'origine mystérieuse. Il but une grande bouteille de Valvert, pissa, rebut une bouteille de Valvert, repissa. C'était bon, ça évacuait les toxines, les mouches étaient toujours là mais plus calmes. Il téléphona à l'horloge parlante : « Au troisième top il sera quinze heures, vingt-quatre minutes, vingt secondes… » C'était net, c'était précis, pas une bavure, cette salope faisait du bon boulot et il le lui dit : « Salope, salope. » C'était bandant de traiter cette fille superpro de salope, elle avait la même voix que sa cousine et il le lui dit : « Je t'aime, je t'aime à la folie, t'es la plus belle fille que je connaisse, t'aurais pu faire mannequin, tu sens bon, tu parles bien, t'as une peau impeccable, hyper bien soignée, j'ai toujours eu envie de faire l'amour avec toi. » Avec toute l'eau qu'il avait bue sa vessie lui faisait mal, c'était une drôle d'impression, comme si un ingénieur en physique nucléaire avait allumé une centrale de deux cents gigawatts au niveau de ses couilles, il se branla, on était au troisième top de quinze heures et vingt-huit minutes, il se sentait mieux, il sentait que le repas du soir se passerait bien.

7
Katerine

Katerine n'avait compris que récemment la différence entre le mot « hémorroïde » et « éphéméride » mais lorsque cela avait été fait (à la faveur de la lecture du numéro double spécial été de *Cosmo* avec un dossier « Accouchement, ce que vos copines ne vous diront jamais » et un article-jeux-test s'articulant autour de l'horoscope celtique) sa vie avait radicalement changé. D'abord elle avait acquis la conviction qu'elle n'aurait jamais d'enfants, que toutes ces conneries sur l'instinct maternel ne la concernaient pas, que les nausées, les vergetures, les épisiotomies, les varices, la rétention d'eau et, bien sûr, les hémorroïdes restaient au-delà de l'horizon des choses qu'elle avait envie de connaître. Merde ! Elle était vraiment bien roulée, elle enfilait un trente-six d'une seule main, elle avait des seins super qui auraient fait revoir à Newton ses lois sur la gravité (gravité mon cul), un ventre parfaitement plat et des fesses qui pouvaient être exposées au Met, à New York, à côté de la sculpture du Titien : *Vénus à poil attendant l'amour*, lors d'une rétrospective illustrant les représentations de la perfection anatomique à travers l'histoire de l'art. Merde ! Elle savait que ce corps était le don d'une force supérieure, elle savait qu'elle était une élue vouée à un destin hors du commun, qu'elle avait un rôle à jouer dans le grand jeu des événements façonnant la nature de l'univers, qu'elle était sans aucun doute toute désignée pour un truc qui dépassait l'entendement de la plupart des mortels mais que, un jour, elle serait reconnue (dans sa tête, la scène se déroulait au crépuscule, au bout d'une jetée battue par les vents où une vieille femme au visage parcheminé lui révélait l'existence d'une prophétie liée au ratio tour de hanche, tour de taille, de cul et de nichons...).

Dans le même numéro de *Cosmo,* elle apprit (après s'être livrée à un calcul combinant de manière relativement complexe sa date de naissance, celle de ses parents et le « questionnement » de cartes chamaniques à découper) qu'elle était liée au végétal Peuplier, au minéral Onyx et à l'animal Lapin. Les conclusions à tirer de tout ça étaient vagues, il y était question de souplesse, de profondeur d'esprit et de passion. Ça lui plaisait, elle se retrouvait parfaitement dans la souplesse, la profondeur d'esprit et la passion, ça lui confirmait ce qu'elle avait toujours su de son destin et elle décida de s'intéresser de plus près à l'astrologie celtique. Elle lut le seul et unique livre sur le sujet, écrit par un certain Edward C. Cooper (également auteur de l'article) et elle y trouva pas mal de références bibliographiques renvoyant à un livre intitulé *Black Mind and Reverse World* publié à New York en 1954, d'inspiration jungienne et traduit en français sous le titre : *Découvrez votre moi intérieur, les nouvelles voies de la magie*. Elle le trouva « par miracle » chez un bouquiniste, le lut méticuleusement et se livra, dans le secret de sa chambre de jeune fille, deux ou trois bougies allumées autour d'elle, à ses premières incantations, censées augmenter son potentiel psycho-énergétique. Évidemment, les cérémonies ne donnaient rien. C'était normal à ce stade, l'augmentation de la psycho-énergie était un processus lent, incertain et semé d'embûches pour lequel les maîtres anciens (Lakdar Ayoum le moine tibétain initié à la langue secrète des rouleaux de vérité, Merlin le magicien blanc des territoires du Nord, Goyub Al Okan le Turc mort sous la torture des croisés sans avoir jamais livré ses secrets) avaient sacrifié leur existence. Katerine continua, l'influence de l'Onyx lui donnait la patience et celle du Lapin l'obstination. Sa vie suivait son cours, elle attendait son heure et découpait tous les passages intéressants pour les ranger dans son Filofax Vuitton.

À côté de ça, sa vie ressemblait à un tapis roulant duveteux monté sur des billes super bien huilées : après avoir passé son bac elle s'inscrivit en fac de lettres modernes mais n'y resta pas bien longtemps. Elle n'aimait pas ça, elle voulait qu'on lui parle de Paulo Coelho, de Krishnamurti, de Scott Peck, de Khalil Gibran mais on la faisait chier avec la *Chanson de Roland* et *Le Roman de la Rose*. Elle quitta les Lettres, jugea être dans une sorte de « tunnel existentiel reliant deux phases de vie », interrogea les runes qui estimèrent que : « Dérèglement – Tempête – Pêche Miraculeuse ». Elle interrogea le Yi-King (par acquit de conscience) qui répondit par le trente et unième hexagramme, Tchou, la Vérité Intérieure. Conséquemment à leur révélation qui lui sembla aller de pair et encouragée par une copine, elle s'inscrivit dans une école privée assez chère où les cours se donnaient en anglais et (comme le promettait le programme imprimé en quadrichromie sur papier glacé augmenté de photographies illustrant les salles de cours pleines d'étudiants minces, bronzés et détendus) dispensés par des professeurs de « niveau international ». Elle choisit l'option « Management and European Administration » (l'autre option était « Management and European Trading »), elle s'acheta pour près de mille euros de bouquins techniques sur la gestion patrimoniale des Options, des Warrants, des Sicav, des Obligations et les rangea sur son étagère, un peu nerveuse à l'idée de les ouvrir.

C'est dans son groupe de simulation boursière qu'elle rencontra Fabio Liberi, un Italien originaire de Milan où sa famille possédait la fabrique de chaussures Liberi (1923), aujourd'hui devenue Liberi – Milan – Paris – New York – Tokyo. Fabio avait tout ce que Katerine jugeait être la « grande classe » : il avait une tête d'empereur, des tenues d'une coupe impeccable portées avec beaucoup de décontraction et une Mercedes SLK Kompressor accessoirisée d'un GPS couleur et d'une installation audio d'une puissance complètement disproportionnée par rapport au volume de l'habitacle. « Comme deux étoiles s'attirant l'une et l'autre » (l'image était de Fabio et elle plaisait à Katerine), ils se rapprochèrent. Ils discutaient, rigolaient, se retrouvaient dans le parc de l'école chic où ils ressemblaient comme deux gouttes d'eau aux photos d'étudiants détendus figurant dans le programme de l'école.

Tous les deux savaient que *quelque chose* allait se passer. Ça se voyait dans leurs yeux, ça s'entendait à leur façon de parler, tout ça sentait le sexe à plein nez. Chez elle, Katerine prenait douche sur douche, elle passa une demi-journée dans un institut de beauté d'où elle sortit bronzée, exfoliée, épilée et manucurée. Fabio se regardait à poil dans la glace, écoutait James Brown dans sa voiture, il trouvait qu'il avait une gueule super, une gueule d'empereur, entre Martin Sheen et Eros Ramazzotti. Une première fois il avait raccompagné Katerine chez elle et il l'avait embrassée, un baiser presque parfait, à peine gêné par la ceinture de sécurité et James Brown qui leur hurlait de se lever. Une deuxième fois, c'était elle qui l'avait raccompagné chez lui, un loft super, des divans en alpaga, tout en design italien avec un peu de Stark ici et là, un énorme poster de la photo *Sie Kommen* d'Helmut Newton dans le salon et une série de polaroïds d'Arakis signés au marqueur noir, mis sous cadre, à côté de la cheminée. Katerine n'avait jamais été aussi excitée, elle respirait comme un oiseau effarouché, pif ! pif ! pif ! pif ! Elle avait envie de bouffer Fabio tout cru. Ils se retrouvèrent sur le canapé en alpaga, tous ses indicateurs corporels envoyaient au garçon des signaux de disponibilité : pupille dilatée, bouche entrouverte, une main dans les cheveux, jambes se croisant et se décroisant. Si Desmond Morris avait été là il aurait fait de la scène un cas d'école. Fabio se pencha vers elle, il sentait l'espresso, Acqua di Giò d'Armani et la poudre à lessiver, une pure merveille. Il l'embrassa, sa tête tourna, un léger vertige, la sensualité de son élément minéral Onyx mit le feu à son corps. Sa main se posa sur la cuisse de Fabio et remonta entre ses jambes. Fabio émit un « humpf ! » qui l'encouragea, elle défit la braguette, glissa la main à l'intérieur et intercepta avec adresse un sexe aussi dur qu'un pied de table. Fabio fit « Humpf, humpf ! » cessa de l'embrasser, se cambra en grimaçant et un liquide chaud jaillit entre les doigts de Katerine. Elle retira sa main un peu surprise, Fabio la regardait avec un air emmerdé :

– Je suis désolé, ça ne m'est jamais arrivé avant. Il lui avait dit.

Elle s'était essuyé la main sur le canapé en alpaga, elle s'était dit que ça n'aurait pas dû se passer comme ça, que les étudiants du programme de l'école chic devaient faire l'amour pendant des heures devant des cheminées avec des voiles de soie sortis de nulle part venant leur caresser le dos. Puis elle fit le compte de ce que lui avait coûté l'institut de beauté et se sentit de mauvaise humeur. Elle se maîtrisa, dit : « C'est rien, ça arrive », alors qu'elle pensait tout le contraire. Elle embrassa Fabio sur la joue, il la regarda avec les yeux d'un petit chiot venant de se faire adopter dans un chenil. Il dit :

– Je t'aime, je n'ai jamais rencontré personne comme toi.

Katerine trouva ça gentil, elle trouva que cette phrase concernant sa nature exceptionnelle était peut-être un indice supplémentaire quant à la prophétie et à son destin d'élue.

C'était il y a trois ans, et maintenant Fabio et elle s'étaient mariés. Quand elle y pensait, elle ne savait pas trop comment elle en était arrivée là. Elle se souvenait qu'après cet après-midi sexuellement catastrophique ils avaient continué à se voir et à sortir ensemble. Katerine avait arrêté ses études avant la première session d'examens, Fabio lui, continua. Ils allaient au cinéma, au restaurant, il l'emmenait dans des endroits branchés où des jet-setteurs éméchés lui offraient des coupes de champagne, il l'emmenait pour les vacances dans la villa familiale en Toscane, il l'emmenait à Rome, à New York, à Berlin voir les défilés de saison et toujours, toujours, entre eux et le vrai bonheur il y avait ces éjaculations incongrues, maculant de taches blanchâtres leur horizon idyllique. La sexualité fut d'abord source d'un certain embarras dont aucun d'eux n'osait parler. Puis la sexualité disparut de leur vie, petit à petit, laissant à peine une rougeur dans les souvenirs de Katerine, comme la trace d'une ancienne inflammation qui aurait mis du temps à s'apaiser.

8

Le lavage de voiture

Il faisait noir quand Fred monta dans sa voiture. Et il pleuvait, et il y avait du vent, et la température avait baissé alors que soi-disant on était presque au printemps. La météo était le genre d'arnaque qui le mettait de mauvaise humeur. Bordel. Sa voiture sentait mauvais, un truc avait dû pourrir sous un siège. Il regarda, mais il régnait un tel bordel sur les tapis de sol qu'on ne voyait rien. Surtout que la lumière du plafonnier ne marchait pas, surtout qu'à peu près tout ce qui se trouvait sur le sol était susceptible de pourrir. Bordel. Il avait salopé son pantalon coupe Armani, il avait salopé sa veste de survêtement Adidas « Grand Sport », ses mains sentaient la merde pourrie du fond de sa bagnole. Bordel de bordel. Il s'en foutait, ça ferait sûrement chier ce connard d'entrepreneur des années quatre-vingt de ses couilles de voir arriver son fils complètement dégueulassé et puant le pourri dans son appartement aussi ringard que merdique au quatrième étage d'un immeuble résidentiel dont l'architecte avait élevé les valeurs de la mesquinerie bourgeoise au rang de référent esthétique.

Merde. L'idée de croiser la bande de plantes grasses complètement nazes du hall lui foutait vraiment les jetons. Il mit la radio. Psschhhh, pschhhhhhhh, il tomba sur du Bach, il faillit gerber. Il tomba sur Céline Dion, il faillit gerber. Il tomba sur Obispo, il faillit gerber. Il tomba sur un vieux morceau de Frankie Goes to Hollywood, il faillit gerber. Il avait l'œsophage rempli d'acide gastrique. Pschhhhh, pschhhhhh, il tomba sur Kiss, il pensa à la langue du chanteur, aux grosses bottes noires, au maquillage, il laissa le morceau et démarra.

En roulant il pensait au cul de sa cousine. C'était le cul le plus incroyable qu'il ait vu, une pure merveille, le nombre d'or devait avoir servi d'étalon lors de son élaboration dans le secret chromosomique de son génome. Il était toujours étonné qu'un simple amas de tissus graisseux, de fibre musculaire et d'épiderme puisse le faire bander à ce point. Quand il pensait qu'un connard d'Italien employé chez ces pourris du Parlement européen pouvait chaque soir y fourrer son nez ça le mettait dans une rage folle. Ça lui faisait ressentir sa vie comme la pire des injustices, c'était la démonstration ultime que la vie était une vraie merde puante sans loi, sans pitié, sans remords, une saloperie de machine qui choisissait de manière complètement aléatoire qui allait s'emmerder pour des siècles et qui pourrait fourrer son nez dans le cul de sa cousine des nuits durant. Merde. Merde. Merde. Il sentit que des mouches lui revenaient en masse à l'intérieur de la tête. Ça tombait mal. Il était presque arrivé. Il trouva une place juste devant, il se gara, bang devant, bang derrière, il était nul pour les créneaux surtout dans cet état. Il attendit un peu au volant de sa voiture, il fallait qu'il arrive à calmer sa transpiration, sa pression sanguine, les battements de son cœur et les mouches qui faisaient un boucan infernal. Chhhhhhhhhhh, chhhhhhhhh. Kiss s'était tu et des ados se succédaient à l'antenne pour parler de problèmes sexuels, c'était super cafardeux, chhhhhhhhhh, chhhhhhhhh, il tomba sur un débat entre deux caves qui parlaient à la fois de bioéthique, de politique européenne et de développement durable.

Un cave :

« Si les pouvoirs publics, les gouvernements nationaux ainsi que les différents acteurs directement concernés, les conseils d'administration des CHU par exemple, arrivaient à comprendre les enjeux des négociations qui sont en train de se dérouler au sein du Parlement, sur la base du rapport d'audit, il y aurait peut-être enfin cette grande prise de conscience que tout le monde attend. »

Un autre cave :

« Excusez-moi mais je ne peux pas vous laisser dire ça. Vous savez comme moi que les chiffres présentés par le rapport d'audit, en particulier en ce qui concerne l'évaluation des politiques de santé publique, ont été plusieurs fois remis en cause en particulier par le cabinet du secrétaire d'État en charge du dossier... »

Le premier cave :

« Je sais. Évidemment. Il n'empêche que les ordres de grandeur sont ce qu'ils sont. »

L'autre cave :

« Mais où va-t-on, mais où va-t-on ? »

Retour au premier cave :

« Je ne vous ai pas interrompu. Je vous ai laissé parler. »

Et encore l'autre cave :

« Il y a des choses que je ne peux pas laisser dire… »

Il éteignit la radio. Deux foreuses équipées de mèches à béton lui perçaient les tempes. Il sortit de sa voiture, il était vraiment mal garé, beaucoup trop loin du trottoir et un peu en diagonale. Marre, il en avait marre… Il devait absolument se reprendre. En se penchant il regarda sa tête dans le rétroviseur, il ressemblait à Donald Pleasance dans *Vendredi 13* quand il s'aperçoit que Jason est revenu. Il se redressa, respira un bon coup, et se dirigea vers l'immeuble de son père.

Il fit quelques exercices respiratoires dans le hall d'entrée, puis dans l'ascenseur. Ça allait un peu mieux, pas terrible mais un peu mieux. Arrivé sur le palier il ferma les yeux, chercha dans son fichier-mémoire le premier souvenir agréable venu et il tomba sur le souvenir de la nuit qu'il avait passée avec Kristine, il s'étonna de trouver ce souvenir dans le fichier-mémoire des souvenirs agréables car il n'était pas spécialement agréable, chaque fois que cette histoire lui revenait en tête, il se disait qu'il aurait peut-être dû demander à Kristine de lui faire une pipe. C'était un regret. On ne lui avait jamais fait de pipe et il avait toujours eu envie de savoir comment ça faisait. Une vraie pipe.

9
Le sens de la famille

Juste avant de pénétrer dans l'appartement de son père, une image aussi nette qu'un coup de cutter s'était formée dans l'esprit de Fred. Il y aurait Katerine, assise sur le canapé gris, habillée New York sportswear (un jean trente-six, baskets griffées, col roulé blanc à même la peau), les jambes ramenées contre elle façon sirène de Copenhague. Il y aurait Fabio, debout en train d'examiner la colonne cd du père, feignant de trouver un intérêt dans cet amas d'enregistrements ringards (peut-être en trouvait-il vraiment un, pensa Fred, ce ne serait pas étonnant) et il y aurait, en face de lui, le père en train d'essayer d'attirer son attention en lui récitant les passages les plus sordides des *Échos.* Fred savait que ce serait comme ça, il avait déjà vécu cette scène un demi-million de fois, il savait quel genre de poignée de main lui tendrait l'Italien, une poignée de main complètement nulle, celle d'un ministre à une femme de ménage pendant une visite médiatisée dans un foyer d'aide sociale. Il savait quel genre de regard de résignation teintée d'un peu de dégoût allait lui jeter son père et que ses yeux à lui, Fred, le crétin des Alpes, la demi-nouille incapable de faire ressembler sa vie à autre chose qu'à un tas de compost du fond du jardin, seraient fixés sur le cul de Katerine, point focal de sa vie, horizon de ses événements, alpha, oméga, présence divine, révélation.

Quand son père lui ouvrit la porte, il comprit, malgré les mouches, malgré sa gorge nouée, malgré ses couilles rétrécies par le stress jusqu'à un point qui aurait pu être de non-retour, que quelque chose ne tournait pas rond.

– C'est toi, lui avait dit son père, c'est bien.

Le « c'est bien » clochait. La tête que tirait son père clochait et tout le reste clochait aussi, quand un instant plus tard, il découvrait Katerine et Fabio, qui ne rigolaient ni l'un ni l'autre, qui ne souriaient ni l'un ni l'autre mais qui regardaient fixement les feuilles d'un ficus poussiéreux comme si y était cachée la clé de leur destin tragique.

– Ta cousine ne va pas bien, dit son père.

– On devrait appeler une ambulance, dit Fabio.

– Ça va ! Ça va ! cria sa cousine en se tenant le ventre.

– Mais tu as vomi ! dit le père.

– Et il y avait du sang dedans ! ajouta Fabio.

Le père se tourna vers Fred et lui parla à mi-voix :

– Elle était à peine arrivée ici qu'elle a commencé à avoir mal au ventre. Elle est allée aux toilettes, elle y est restée longtemps et quand elle est revenue elle a vomi, là, près de la plante. Elle s'est assise et elle a dit qu'elle ne savait plus se lever.

Fred regarda sa cousine, wouah ! une vraie bombe. Elle n'avait pas de jean, pas de pull blanc à même la peau, une jupe et un top qui laissait dépasser une bretelle de soutien-gorge. Elle avait le teint de quelqu'un qui a un abonnement dans un centre de bronzage avec des bancs turbo dont on change les lampes tous les mois, un beau brun maîtrisé à la crème Lancôme « uv-xtrême ». Avec la pâleur de son malaise, ça devenait un peu ocre, un petit côté Terracotta qui lui plaisait. Il s'approcha, serra la main de Fabio et embrassa sa cousine.

– Je suis contente de te voir, dit-elle, ça fait des mois.

– Un an et demi.

– Un an et demi. Tant que ça !

Une crampe plia sa cousine en deux. Elle dit : « Mmm » puis se redressa, un petit nuage de douleur voilait son regard, mais elle continua à parler. Fred eut l'impression qu'elle jouait au jeu de celle-qui-est-malade-mais-qui-fait-semblant-de-ne-pas-souffrir-tout-en-montrant-qu'elle-souffre-pire-qu'un-chien-mais-qu'elle-est-plus-forte. Ça énervait Fred mais il trouvait ça touchant.

– Il y a un an et demi les choses étaient plus simples... dit-elle. Ce qu'il me faudrait c'est un verre d'eau.

Fabio matérialisa le verre d'eau dans la main de Katerine.

– Et toi, qu'est-ce que tu fais ? Toujours ta thèse ? elle lui demanda.

Le cœur de Fred se serra quand dans son esprit se forma l'image des trois feuillets de plan qui dormaient dans un tiroir de son armoire à vêtements.

– Oui, toujours…

Un soupir en provenance de son père fit comprendre à Fred que le reste de la soirée serait plus classique. Il s'en fichait, il était assis à côté de sa cousine, les mouches se calmaient, il était bien.

Le père avait réchauffé les plats d'un traiteur, une cuisine chichiteuse présentée dans des raviers en inox et servie ensuite sur les assiettes. Il avait demandé si ça ne gênait pas qu'on mette les informations « à cause des manifestations ». Fabio avait dit non, Fred s'en foutait, Katerine avait mal au ventre. Le père tourna la télévision vers la table, Fabio pivota sur sa chaise de manière à pouvoir regarder mais en devant faire gaffe de ne pas faire de taches de sauce sur son pantalon.

« … la mort de plusieurs manifestants due à des tirs dont l'origine reste à déterminer. Parmi eux, deux Français de vingt-huit et trente-trois ans, venus comme les autres se prononcer contre ce qu'on appelle ici la "logique marchande de la mondialisation"… »

– Et qu'est-ce qu'ils proposent ? dit Fabio en essuyant une tache sur le haut de son pantalon.

Les mêmes images que celles diffusées l'après-midi repassèrent une fois ou deux : une foule paniquée courant dans tous les sens, des hommes casqués matraquant ceux qui se trouvaient à leur portée, une grosse fille assise au bord du trottoir, le nez en sang, un cercle de silhouettes désemparées se formant autour d'un corps étendu… Fabio et le père étaient complètement absorbés. Katerine se leva et mit une main sur l'épaule de Fred.

– Il fait trop chaud ici. Je vais sur la terrasse, tu m'accompagnes ?

C'était une petite terrasse bétonnée, longue et étroite, avec un ensemble de trois chaises et une table en plastique blanc. Contre le muret de la balustrade, il y avait un pot en terre cuite à moitié rempli d'une terre où rien ne semblait avoir jamais poussé. Dans un coin, une flaque d'eau brune qui ne s'évacuait pas témoignait de l'averse du début de soirée. Un vent frais soufflait sans direction précise, la vue sur la ville avait quelque chose de pas mal.

– Qu'est-ce que je me sens mal. Je te jure, dit-elle en s'asseyant. Il s'assit à côté d'elle. Katerine ouvrit la bouche, comme pour dire quelque chose, puis la referma.

– Quoi ? demanda Fred.

Elle ne répondit pas tout de suite, laissant traîner un regard étrangement voilé sur l'horizon des immeubles.

– Il se passe des choses, Fred...

– Oui ?

– Des choses bizarres. À quand remonte la dernière fois où tu as fait l'amour ?

Fred se racla la gorge et fronça les sourcils pour essayer de s'en souvenir.

– Ce que je veux demander, c'est pas ça. Ce que je veux te demander c'est... Combien ça dure chez toi avant que tu... ? Tu vois ?...

Fred fronça à nouveau les sourcils, mais Katerine reprit avant qu'il ait eu le temps de répondre.

– Tu sais, je crois que Fabio a un problème... Au début on a essayé, mais il n'arrivait jamais à se retenir. Même un peu... Ça partait toujours avant qu'il m'ait...

– C'est embêtant, remarqua Fred.

– À un moment il en a eu assez que je lui en parle. Alors, à la fin, on n'a plus rien fait. Ça évitait d'être confronté au problème...

Fred jugea préférable de garder pour lui le fait que toute cette histoire lui apparaissait comme un gâchis terrifiant. Un si beau cul et même pas fichu de s'en occuper...

– Écoute, il se passe des choses je te dis... Comment te dire ça... J'ai pas mes règles depuis deux mois et ça me fait un mal de chien.

– Tu es enceinte ?

– Ben, j'ai commencé par aller m'acheter un test de grossesse.

– Résultat ?

– Positif !

– Tu es enceinte, alors ? demanda Fred en se redressant un peu sur son fauteuil.

– Attends. J'ai été voir mon gynécologue. Un type super. Celui qui a accouché toutes mes cousines... Bon, il m'a examinée, il m'a fait une prise de sang et puis une échographie.

– Et puis ?

– Et puis rien. J'ai rien. Évidemment que je n'ai rien. Avec le problème de Fabio, il est impossible que j'aie quoi que ce soit...

– Mais alors c'est quoi ton problème ? Ton retard, tes douleurs... ?

– Figure-toi que le gynécologue me téléphone hier. Il avait une drôle de voix. La voix d'un type qui vient de voir atterrir un ovni dans son jardin, et il me dit qu'il a reçu les résultats du labo. Ceux de la prise de sang.

– Quelque chose clochait ?

– C'étaient les résultats d'une femme enceinte de deux mois. Un vrai feu d'artifice hormonal. Ce sont ses paroles : « un feu d'artifice hormonal ».

Katerine se pencha en avant.

– Je me sens tellement mal... Il se passe des choses.

Elle commença à pleurer doucement en émettant des petits bruits aigus.

– J'ai peur, Fred. Il se passe des choses...

– Mais quoi ? Qu'est-ce qu'il se passe ?

– Des choses... Des choses encore plus effrayantes que ces résultats de prise de sang, de plus grave que mes crampes, des choses *vraiment* graves.

– Graves comment ?

– Regarde ça, par exemple, et dis-moi si tu comprends et si tu ne trouves pas ça grave...

Elle indiquait le pot en terre cuite, dans le coin de la terrasse.

– Et alors ? demanda Fred.

Le pot en terre cuite se souleva de quelques centimètres au-dessus du sol et resta suspendu, immobile, effrayant, silencieux, pareil à une petite montgolfière de papier attendant les instructions du pilote.

10
La vie de couple

Quand Kristine se réveilla, son premier réflexe fut de tendre le bras pour toucher le corps de Pierre. C'était un geste qu'elle faisait tous les jours depuis trois ans qu'ils vivaient ensemble, tendre le bras, toucher l'épiderme, c'était la remise en place de ses idées du matin, le départ de ses mauvais rêves du soir, un peu de colle sur les fragments de sa personnalité qui auraient sans doute, sans ça, eu tendance à se détacher d'elle et dont le détachement l'aurait rendue comme elle était avant : un peu triste, un peu angoissée, un peu migraineuse, un peu agressive bref un peu chiante. En quelques années, Pierre l'avait, c'est ce qu'il lui semblait, apaisée. Il avait consolidé ses bons côtés, avait arrondi ses angles, lui avait fait comprendre que la sexualité pouvait être autre chose que de la baise avec des types croisés dans des réunions de comités, lui avait fait voir son corps et son visage comme des choses pouvant susciter l'amour et le désir, l'avait en un mot, ouverte, libérée, allégée. Tout ça faisait que, en plus de l'amour qu'elle lui portait, il y avait, indéniablement et bien qu'elle se méfiât de ce sentiment dans le cadre d'une relation de couple, de la reconnaissance. De son côté, Kristine avait adouci les tourments de Pierre. Ils étaient toujours là, évidemment, avec ce qu'il était et la vie qu'il avait eue ils seraient toujours là, ces tourments qui parvenaient encore aujourd'hui à le tirer de son sommeil pour lui faire verser des larmes brûlantes, mais ils avaient perdu en volume et en fréquence et c'était déjà pas mal. En somme, leur couple était une bonne collaboration de psychotiques légers, une machine un peu bringuebalante mais fiable, un couteau suisse servant tantôt à faciliter la matérialité de leur quotidien, tantôt à absorber les ondes de choc de leurs souffrances.

Quand la main de Kristine ne rencontra que le vide, une petite bulle de frustration chatouilla désagréablement son œsophage et la fit se redresser sur le lit. Les chiffres digitaux rouges du réveil indiquaient neuf heures. À travers les branches d'un grand marronnier se découpait un ciel blanchâtre. Elle se releva, elle était nue, elle enfila la sortie de bain qui traînait au pied du lit et quitta la chambre. En une seconde elle avait fait le tour de l'appartement minuscule et elle se retrouvait debout au milieu du living à essayer de comprendre ce qu'il se passait. Elle respira, ce n'était rien, ce n'était sûrement rien, il avait dû descendre chercher du pain ou des cigarettes ou le journal pour l'histoire de la manif anti-G8 qui avait mal tourné. Elle prit son portable et composa le numéro de Pierre. Une sonnerie retentit dans la cuisine, il avait oublié son téléphone sur la table. La contrariété lui fit serrer les dents. Kristine prit une douche, s'habilla, fit la vaisselle de la veille, rangea quelques cd dans leurs boîtiers. Quand elle alla dans la chambre pour faire le lit, le réveil indiquait dix heures quarante. Ce fut à ce moment qu'elle commença vraiment à s'inquiéter. Pierre ne lui aurait-il pas, malgré tout, parlé de quelque chose qu'il aurait eu à faire ce matin ? Non, ça elle en était certaine. Lui serait-il arrivé quelque chose alors qu'il était sorti chercher ce pain ou ces cigarettes ? Elle eut, une seconde, envie de téléphoner aux flics, mais téléphoner aux flics c'était presque aussi horrible que de téléphoner à la Gestapo pour les féliciter d'un coup de filet. De toute façon, en cas d'accident, les services de secours auraient trouvé son portefeuille et ils l'auraient prévenue. À moins qu'ils n'aient prévenu les parents de Pierre et eux, cinglés et tordus comme ils étaient, ils ne l'auraient pas prévenue elle. Elle voulait rester calme. Elle se demanda si elle devait sortir ou rester à l'appartement. Elle s'assit, prit machinalement le journal de la veille qui traînait, parcourut la première page avec l'article sur les violences illustré par la photographie d'une voiture en feu, elle déposa le journal, elle n'avait pas la tête à lire. Ce n'était sûrement rien, qu'est-ce qu'elle avait à s'angoisser comme ça ? Pierre avait dû rencontrer quelqu'un en chemin, il avait dû aller prendre un café, c'était un bavard, il n'avait pas dû voir le temps passer, il était sûrement en train de s'emballer en parlant du scandale Enron, du lobby militaro-pétrolier, des théories de Leo Strauss sur les secrets d'État et leur influence sur Wolfowitz… C'était ça.

Elle regarda sa montre, il était midi passé, c'était beaucoup trop long comme absence. Elle décida de téléphoner aux parents de Pierre.

C'est la mère qui répondit. En décrochant elle dit :

– Centre de recherches !

Elle avait ce ton sec qui avait toujours mis Kristine mal à l'aise au point qu'elle avait tout fait pour éviter d'avoir à lui parler. Elle avait l'impression que plus de cinq minutes passées au contact de cette femme était susceptible de modifier sa structure mentale sinon de manière permanente du moins de manière désagréable. Elle hésita, elle regrettait déjà son coup de téléphone.

– Je vous téléphonais pour savoir si vous aviez des nouvelles de Pierre.

– Vous savez, Kristine, Pierre est un garçon autonome à présent. Il mène sa vie comme son énergie le lui permet, guidé par son âme et par sa conscience. S'il a décidé de partir alors il faut le laisser faire.

Kristine eut envie de fracasser le téléphone contre le mur mais elle respira.

– Il n'a pas décidé de me quitter, il n'est pas rentré et je m'inquiétais...

– Les gens comme Pierre ont un destin. Ne l'oubliez pas, Kristine, le mieux que vous puissiez faire c'est l'aider à le vivre.

– Merci, j'y penserai.

Kristine ne sortit pas. Elle n'avait rien de particulier à faire alors elle resta là à faire semblant de feuilleter des projets d'article pour des journaux associatifs. Elle fit soigneusement la vaisselle, observa par la fenêtre deux merles se disputer une croûte de pain. Elle se dit que décidément c'était moche d'être seule, qu'elle aimerait avoir un bébé, que si elle avait eu un bébé, elle serait sortie avec lui pour faire une promenade, elle l'aurait regardé dormir, la journée serait passée comme ça. Malheureusement elle n'aurait pas de bébé, en tout cas pas avec Pierre, à cause de son « problème », à cause de ses tordus de parents. Quand elle pensait à ça, à la génétique, ça la rendait triste, ça la rendait amère, ça lui brûlait l'estomac, pourquoi avait-il fallu qu'elle tombe amoureuse d'un type comme Pierre ? Pourquoi pas un type aux origines plus « normales » ? Elle téléphona à Fred, comme d'habitude il somnolait, il lui parla de la soirée qu'il avait passée chez son père, de sa cousine qui n'allait « pas très bien », de son dégoût de ce qui venait de se passer pendant les manifestations, de son désir de faire « quelque chose » de plus concret que de coller une affiche ou compiler les articles des théoriciens de l'altermondialisme. Elle dit qu'elle était d'accord, qu'ils allaient y penser, avec les associations, avec les groupes, avec les communautés, qu'ils allaient bien trouver quelque chose. Elle ne lui parla pas de la disparition de Pierre, bizarrement elle en avait un peu honte, comme si son inquiétude faisait d'elle une pauvre fille aliénée par les valeurs de la société patriarcale. Sa honte l'énerva aussi, elle se trouva coincée, elle n'écoutait plus ce que lui racontait Fred, elle repensa juste qu'elle avait été amoureuse de lui, il y avait des années et qu'il l'avait repoussée. Elle lui dit au revoir. Elle raccrocha.

La nuit avait fini par tomber. Kristine avait eu un peu mal à la tête, elle avait pris une aspirine, elle n'avait plus envie de rien, elle mangea du riz avec un peu d'huile d'olive et du sel, ce n'était pas très bon. Elle se coucha sur le lit, c'était moche de se coucher seule, elle posa son portable juste à côté d'elle, sur la table de nuit, elle essaya de ne plus penser à rien, ça marcha, elle s'endormit.

Quand Pierre s'assit sur le lit, il était quatre heures du matin. Il lui caressait les cheveux. Elle se redressa, il la regardait avec des yeux bizarres, des yeux de condamné à mort.

– Ça va aller, dit-il. Ça va aller.

Kristine ne comprit pas tout de suite.

11
Une enfance difficile

Pierre savait que ses parents étaient malades, givrés, dingues et dangereux. Il le savait depuis presque toujours, il le savait depuis qu'il avait commencé à comprendre d'où il venait, qui il était et surtout de quels enjeux son existence avait pu être l'objet. Pierre avait été conçu en pleine mer, sur un yacht naviguant dans des eaux internationales, là où les vagues sont hautes et lentes et où les lois ont à peine plus de corps qu'une masse de phytoplancton. Le propriétaire du bateau était un Français qui avait fait fortune dans la fibre optique avant de vivre ce qu'il appela plus tard sa « rencontre avec l'ailleurs », son « voyage intersidéral » au cours duquel une « entité extraterrestre et supérieurement intelligente » lui avait transmis un message à délivrer à l'humanité. L'essentiel de ce message consistait en un argumentaire assez adroit conduisant à la conclusion qu'il valait mieux pour le salut de la civilisation qu'il tire un coup avec un maximum de jeunes filles, si possible blondes, si possible grandes, mais brunes et petites ça allait aussi. Étrangement, cette histoire avait convaincu pas mal de monde, des épaves bien sûr, des âmes perdues, des adolescents fugueurs, d'anciens toxicos, des dépressifs, mais aussi des gens que rien ne prédisposait à croire à la théorie du « message des hommes vrais au monde mutant », des employés, des fonctionnaires, des scientifiques.

Les parents de Pierre étaient de ceux-là : deux rejetons de la bourgeoisie de province, tous les deux le bac, lui une formation en comptabilité, elle un diplôme d'État en dactylo. Ils s'étaient rencontrés alors qu'une série de coïncidences les avait poussés l'un et l'autre dans une réunion de comité maoïste où ni l'un ni l'autre n'avait rien à faire. Ils avaient parlé, ils avaient quitté la séance au moment où une fille d'à peine vingt ans se lançait dans un discours sur la nécessaire destruction des figures idolâtres du capitalisme. Ce qui allait être la mère de Pierre s'était foulé la cheville en trébuchant sur une pile de tracts appelant au soutien d'une grève des ouvriers de l'usine Michelin, ce qui allait être son père lui proposa de la raccompagner. Elle accepta, elle habitait un chouette duplex un peu sale mais chouette. Ce qui allait être le père de Pierre lui dit qu'elle était belle, il lui dit ça en lui passant une main dans la nuque avec les doigts qui s'enfonçaient à la base des cheveux et il lui dit ça en prenant sa voix « spéciale », un ton plus bas que son timbre naturel. Tout ça, pour ce qui allait être le père de Pierre, c'était le Grand Jeu, un faisceau de techniques hautement spécialisées qui lui avait permis de baiser avec « déjà » une bonne quinzaine de filles parmi lesquelles il se disait souvent qu'il n'y en avait pas une de moche. Comme ça avait marché avec les quinze autres ça marcha avec ce qui allait devenir la mère de Pierre. Ça marcha bien, très bien. À tel point que le lendemain, à peine séparés ils se rappelaient, ils se fixaient rendez-vous, ils s'y retrouvaient et ils refaisaient l'amour avec un degré de satisfaction que l'un et l'autre n'avaient que rarement connu. Ils se fréquentèrent avec assiduité, ils se promirent des choses, ils s'installèrent ensemble dans le duplex un peu sale, ils y organisèrent des soirées où tout le monde baisait avec tout le monde, c'était l'époque qui voulait ça, ça n'entamait pas l'amour qu'ils se portaient avec clarté et évidence.

Ensemble ils découvrirent Krishnamurti et la philosophie indienne, ils partirent six mois dans le Kerala, dans un ashram où ils méditèrent et baisèrent beaucoup avec des couples d'Anglais, d'Allemands, d'Américains et de Français venus comme eux trouver, en ce lieu, la paix de l'âme dont les privait l'Occident. Quand ils étaient rentrés, ils avaient cherché qui serait susceptible de leur permettre de conserver le capital sagesse acquis dans le sous-continent. Ils participèrent à des stages de rebirth où ils revécurent le traumatisme de leur naissance pour s'en libérer, à des week-ends janoviens où ils crièrent tant qu'ils purent, habillés en kimono blanc, à des retraites jungiennes en Bretagne où ils découvrirent la force d'évocation des grands mythes celtes, à des initiations aux massages holistiques, ils répétèrent des mantras, dessinèrent des mandalas sur de la soie, fumèrent de l'herbe dans des quantités dépassant le raisonnable, baisèrent encore, écoutèrent les échos sériels de Steve Reich, discutèrent interminablement du concept de conscience dans les écrits de Timothy Leary, ils lurent *Le Serpent cosmique*, le *Voyage à Ixtlan*, *Ensemble sur le chemin le moins fréquenté* et, enfin, sur les conseils d'un type qui tournait autour de ce qui allait être la mère de Pierre, ils découvrirent le livre *Messager des étoiles* écrit par le spécialiste en fibre optique et publié à compte d'auteur.

Pour eux ce fut une révélation. Ils s'emballèrent pour l'idée de « dissémination chromosomique », pour celle de « Gaïa, zone expérimentale », pour celle de « pérennité des forces vives ». Ils allèrent assister à une rencontre avec le spécialiste qui avait, pour l'occasion, loué la salle de banquet d'un restaurant de la région d'Hazebrouck. Ils furent formidablement accueillis, avec chaleur et enthousiasme et, après une conférence lumineuse de plus de deux heures, ils rencontrèrent celui qui allait définitivement changer leur vie.

Le spécialiste en fibre optique avait revêtu un costume ample dont la coupe s'inspirait librement de celle des prêtres aztèques période Teotihuacán. Il les avait invités à s'asseoir à ses côtés et, tout en caressant les cheveux de celle qui allait être la mère de Pierre, il leur avait proposé de rejoindre sa communauté. Ils avaient accepté, ils quittèrent le duplex un peu sale et s'installèrent, comme une cinquantaine d'autres avant eux, dans la grande propriété du Var qu'ils ne tardèrent pas à appeler comme les autres, le « sanctuaire ». C'est là qu'ils allaient vivre désormais. Partagés entre les tâches d'utilité collective, la méditation et les séances de baise avec le spécialiste. Leur enthousiasme autant que leur dévouement les fit entrer dans la nomenklatura de la communauté et c'est à ce titre, et aussi probablement parce que ce qui allait être la mère de Pierre était un des meilleurs coups qu'ait connus le spécialiste, qu'ils furent choisis pour être le nouvel Adam et la nouvelle Ève du programme de clonage humain.

Le programme de clonage humain était le projet le plus ambitieux de la communauté. Un programme dont la réussite allait lui ouvrir les portes de la reconnaissance internationale. Cela mit des années, de recherches, de tentatives, d'expérimentations parfois douloureuses, des années durant lesquelles ce qui allait être la mère de Pierre et ce qui allait être son père vécurent dans la promiscuité humide du bateau du spécialiste, des années d'espoir autant que des années de désespoir, des années de solitude aussi, parfois, au milieu de ces eaux internationales. Et puis, un jour, sans que personne ne comprît vraiment comment, la mère de Pierre fut enceinte de Pierre, embryon cloné de son père, réussite biotechnologique de première importance.

Bizarrement, les médias ne s'intéressèrent que de très loin à l'événement que constituait la naissance du premier clone humain et le monde scientifique, peut-être par éthique mais plus probablement sous le coup d'une sorte de jalousie outragée, ne se pencha jamais sur le cas ni sur les conditions qui avaient permis de réaliser cet exploit. Les années passèrent, le monde changea et avec lui les mentalités. Ce qui avait pu par le passé être séduisant dans le message du spécialiste en fibre optique apparaissait maintenant au mieux comme un peu ringard sinon comme complètement idiot. De quelques centaines de membres, la communauté passa à quelques vingtaines. On dut vendre le bateau, la propriété du Var et se contenter d'une maison unifamiliale réaménagée et rebaptisée « Centre de recherches physiologiques et philosophiques sur la condition de l'homme ». C'est là, dans cette atmosphère où se mêlaient la nostalgie d'une époque révolue et l'espoir d'un renouveau de plus en plus improbable, que grandit Pierre, à la fois cobaye, gadget, objet d'orgueil, fils cloné et par là enfant de personne, réussite technique de la communauté et par là enfant de tout le monde.

À côté de l'apparente réussite que constituait sa naissance, Pierre avait malheureusement, au plus profond de lui, dans le secret entortillé de ses chromosomes, dans le subtil processus de codage des protéines organisant le fonctionnement de son organisme, d'infimes dysfonctionnements, des pets de mouche à l'échelle atomique, de légers décalages ribonucléaires mais dont les implications pour l'enfant puis pour le jeune homme furent déterminantes. Pierre était allergique. Pierre était allergique à une quantité phénoménale de choses. On n'avait jamais vu ça, c'était une performance médicale, pour Pierre la vie était un enfer méticuleux, le pire de tous. Pierre était allergique à la plupart des poudres à lessiver, aux adoucissants, au savon et à presque tous les shampoings. Il était allergique au pollen, aux piqûres de moustique, d'abeille, de guêpe et de puce, allergique à tous les poils d'animaux et aux plumes de tous les oiseaux exception faite du colibri et du cacatoès. Allergique à toutes les huiles en particulier l'huile d'arachide, il était allergique à la plupart des fruits : les fraises bien sûr mais aussi les pommes, les tomates et les mandarines, les melons, les pastèques, les kiwis, les prunes et la grenade. Il était allergique de manière modérée aux protéines animales, au chlore, à la pénicilline, aux sucres de synthèse et, enfin, à l'aspirine. C'était comme ça, il n'y avait rien à faire et Pierre avait bien été obligé de se résigner à ce que son quotidien ressemble à une promenade prudente sur un champ de mines. Ça l'avait rendu non pas craintif mais méfiant, non pas amer mais déterminé. Cela influa également sur sa façon de voir le monde, le danger, la sécurité, le bien, le mal, l'amour, la haine, les amis et les autres. L'univers, il avait fini par le comprendre, était en guerre. Il y avait des armées, il y avait des occupants, il y avait résistance et collaboration, il y avait des batailles, ça ne rigolait pas. Pierre avait choisi un camp, il y avait été forcé, du moins c'est ce qu'il croyait.

Un jour ce camp s'était rappelé à lui.

12

Post-coïtum

Fred était rentré chez lui avec la même tristesse qui lui collait au corps chaque fois qu'il quittait sa cousine. L'origine de cette tristesse, il la situait au niveau phéromonal. Ce n'était pas une tristesse existentielle, mais une tristesse biologique : tout son corps aspirant à s'intégrer à l'organisme de sa cousine, à y pénétrer sur toute la longueur possible, à y déposer en quelques secousses la plus grande quantité imaginable de sperme et tout son corps, finalement déçu, restant avec lui-même, avec son désir, avec sa longueur, avec ses quantités, le tout se mettait immanquablement à fermenter, à faire comme une croûte de déprime qui lui brouillait la vue et lui gâchait la vie.

Il s'était foutu à poil et il s'était couché. En s'endormant il avait fait le bilan de cette fin de soirée. Après son tour de magie, Katerine s'était mise à pleurer. Il s'était senti mal à l'aise sur cette terrasse avec sa cousine en train de pleurer et avec son père et l'Italien dans le salon. Il aurait préféré qu'ils soient juste à deux, il aurait alors pu faire autre chose que rester assis sur sa chaise à lui dire pour la consoler des conneries manifestes. Il lui avait demandé :

– Tu devrais peut-être aller voir quelqu'un, un médecin, un spécialiste...

– Un spécialiste de quoi ? elle avait répondu en se tapant les cuisses avec des poings aussi menus que des clémentines. Si je raconte ça à un médecin, je suis certaine que ça va remonter jusqu'aux services spéciaux du gouvernement et que je vais disparaître de la circulation pour finir mes jours dans un labo de l'armée.

– Comme dans *X-Files* ? avait demandé Fred en sachant que c'était une connerie.

– Exactement, elle avait répondu.

Finalement, ils étaient restés assis en silence, la vue n'était pas très jolie, une ville après la pluie, la nuit, de la vapeur d'eau s'élevant des trottoirs et faisant des voiles légers devant les réverbères.

Fred dormait depuis deux heures quand le téléphone sonna. Il se redressa d'un coup et attrapa le portable qui traînait sous une pile de vêtements.

– Fred, c'est Kristine.

– Je dormais. Quelle heure est-il ?

– Il est, heuu, quatre heures moins vingt, je suis désolée de te réveiller, mais c'est vraiment important... Il faudrait que tu viennes maintenant.

– Maintenant ? Mais...

– Quand je dis que c'est important, je veux dire que c'est grave... C'est à propos de Pierre. Écoute, il ne veut pas en parler au téléphone, il faudrait vraiment que tu viennes maintenant, s'il te plaît.

– D'accord, ça va. Je serai là dans un quart d'heure. Fais du café.

– Attends, encore une chose, en chemin, il faudrait que tu passes prendre Paul.

– Paul ! Fred se redressa. Il est rentré ?

– Oui, depuis plus d'un mois, je viens de lui téléphoner, il t'attend.

– C'est si important que ça ?

– Oui.

Fred était crevé, il avait froid, il avait l'impression que ses yeux baignaient dans une solution d'esprit-de-sel et plus que tout, il ne voulait pas voir Paul. Il ne voulait en tout cas pas le voir maintenant, pas dans ces circonstances, il aurait voulu attendre encore un peu, trouver des choses à lui dire qui auraient pu clarifier la situation, qui auraient pu faire sortir leur amitié de ce piège dans lequel elle était prise depuis la foutue journée d'il y avait trois ans. Il passa un gros pull à col roulé, mit sa veste, regardant en râlant sa tête de zombie dans le miroir du hall.

La foutue journée d'il y avait trois ans avait été une journée radieuse. Un soleil incroyable pour la saison s'était mis à briller dès l'aube et s'était éteint, aussi rouge et chaud qu'une plaque vitrocéramique réglée sur maximum. Dans l'état dans lequel était Fred ce jour-là, ce soleil c'était pire que l'enfer. Il se souvenait qu'il avait rejoint Paul chez un type qui organisait une fête pour un anniversaire de mariage. Paul était déjà pas mal entamé quand il l'avait retrouvé, il était à moitié couché sur un tas de coussins en imprimé africain, à moitié sur une fille à qui il racontait comment un jour et de ses propres mains, il allait tuer tout le cabinet présidentiel de la Maison-Blanche. La fille avait l'air de penser que le plan de Paul tenait la route. Paul avait présenté Fred au type qui fêtait son anniversaire de mariage, un petit homme à grosse tête marié à une femme du même modèle que lui, petite à grosse tête, tous les deux très pâles, tous les deux avec des pupilles atteignant un degré de dilatation proche de celle des lémuriens. Paul avait demandé un truc au lémurien mâle, qui avait sorti de sa poche un sachet en plastique contenant quelques pilules blanchâtres.

– Tiens. C'est pour les invités, il avait dit en en tendant une à Fred.

Fred avait pris le truc, il ne savait pas trop ce que c'était, de l'exta, de l'acide, du crystal, il s'en foutait et il avait passé là un moment avec Paul. Le lémurien femelle s'était rapproché de Paul et elle lui avait expliqué que sa cousine qui venait de dieu sait où s'était perdue et attendait qu'on aille la chercher dans un café. Paul avait demandé en quoi ça le concernait cette histoire de cousine perdue, le lémurien lui dit qu'« il leur devait bien ça à Jean et elle », Paul avait eu alors l'air de se souvenir de quelque chose, il avait hoché la tête, il avait demandé à Fred « s'il pouvait y aller avec sa voiture parce que la sienne avait un problème avec les vitesses ». Fred avait été d'accord, il était bien, le truc qu'il avait pris le rendait heureux, juste son bulbe rachidien qui grattait. Avec Paul, ils avaient quitté la fête, il était quelque chose comme midi, il avait été jusqu'au café et ils étaient tombés sur la cousine de la lémurienne. Fred se souvenait qu'elle aussi était toute petite avec une grosse tête et des gros yeux et une frange noire qui lui tombait sur les sourcils et qu'elle aussi avait les pupilles complètement dilatées, bref qu'elle aussi pouvait être rangée dans la famille des lémuriens. Avec Paul et la fille, ils étaient montés dans la voiture, Fred se sentait bien, le truc qu'il avait pris prenait soin de ses neurotransmetteurs. Il conduisait, il faisait chaud et c'est à ce moment qu'il avait dit ce qui allait tout foutre en l'air, ce qui allait transformer une chouette journée en aventure pénible, il avait dit :

– Fait chaud, hein ? Faudrait l'air conditionné.

La cousine de la lémurienne avait remis sa frange vers l'arrière, dégageant un grand front bombé un peu inquiétant. Elle avait dit :

– L'air conditionné c'est le cancer de l'ozone. C'est à cause de cons comme toi que nos enfants vivront dans un monde sans atmosphère.

Fred avait essayé de répondre :

– Je disais ça comme ça, en fait je m'en f...

Mais la fille l'avait interrompu en se mettant à crier :

– ON NE DIT PAS LES CHOSES « COMME ÇA ». LE DISCOURS VÉHICULE DES IDÉES ET CE SONT DES IDÉES COMME LES TIENNES QUI FONT QUE LE MONDE VA AUSSI MAL. J'EN AI MARRE DE CROISER DES CONS FASCISTES À TOUT LES COINS DE RUE ET SI TA MÈRE AVAIT EU TROP CHAUD EST-CE QUE TU AURAIS MIS DES ENFANTS JUIFS DANS UNE CHAMBRE À GAZ POUR LA REFROIDIR...

Du siège avant où il se tenait, Paul s'était retourné vers la cousine lémurienne et il avait utilisé un ton de psychologue négociant la reddition d'un forcené :

– Écoute, il fait beau, on va à une fête, mon copain ne pensait pas ce qu'il a dit et il s'excuse. Personne ici n'aime l'air conditionné et tout le monde ici trie ses déchets et fait son possible pour que le monde que nous laisserons aux générations à venir soit...

Mais ça n'avait pas calmé la fille :

– AHHHH OUI ? AHHHHH OUI ? ET CETTE VOITURE COMBIEN TU CROIS QU'ELLE FAIT DE MORTS, L'ESSENCE QUE T'EMPLOIES ENTRETIENT L'ESCLAVAGE DES VILLAGES BIRMANS, LE CAOUTCHOUC DE TES PNEUS ASPHYXIE LES BIDONVILLES D'AMÉRIQUE DU SUD ET JE SUIS SÛRE QUE TU NE SAIS MÊME PAS COMBIEN DE LITRES D'EAU TU CONSOMMES QUAND TU VAS AU CAR-WASH !

C'est au moment où elle avait évoqué l'Amérique du Sud que Fred avait commencé à s'inquiéter, c'était un sujet avec lequel, il le savait, Paul ne plaisantait pas. Pas du tout.

– Arrête-toi ! avait dit Paul.

Fred avait rangé la voiture. Paul s'était mis à genoux sur son siège et il faisait maintenant face à la fille.

– Tu connais l'Amérique du Sud ?

– J'ai lu des trucs, avait dit la fille qui boudait.

– Et dans ce que tu as lu on te parle de Pinochet, des États-Unis, des Contras, des juntes militaires et de tous ces trucs, hein ? C'est ça ?

La fille avait recommencé à s'énerver...

– QUOI ? TU VAS DIRE QUE C'EST FAUX ? TU VAS…

C'était parti tout seul. Une gifle puissante qui avait claqué comme un pétard sur la joue de la lémurienne en ce début d'après-midi.

– Je ne dis pas que c'est faux, tout ça c'est vrai d'ailleurs regarde…

Paul releva le devant de son tee-shirt et montra la longue cicatrice qui s'étendait comme un serpent rosâtre de sa hanche gauche au téton droit dont il ne restait qu'un étrange monticule de chair.

– J'ai attrapé ça en Colombie, un coup de machette d'un type de dix-sept ans payé comme trois mille autres par la CIA pour nettoyer et terroriser les villages du Sud-Est. Tu sais ce qu'ils font quand ils soupçonnent un village ?

La cousine lémurienne n'avait pas répondu, elle regardait Paul d'un air craintif en se frottant la joue. Paul avait continué :

– Tu sais ce qu'ils font aux femmes du village, tu sais ce que j'ai vu ?

Elle avait hoché la tête.

– Non, mais…

– Sors de la voiture, lui avait dit Paul.

Fred avait pressenti que les choses allaient mal tourner, il ne savait pas s'il devait intervenir ou pas, dans le fond il était bien, les principes actifs de la pilule qu'il avait prise continuaient à caresser ses neurotransmetteurs dans le sens du poil. La cousine lémurienne sortit de la voiture, Paul aussi.

– Tu dis que le discours véhicule des idées mais tu dis n'importe quoi. Tu parles de l'Amérique du

Sud, mais tu ne sais pas ce que c'est que l'Amérique du Sud. Là-bas, quand les milices arrivent dans un village, ils alignent les femmes, les enfants et les vieillards contre un mur et ils les passent à la mitrailleuse, ils ne laissent vivre que les hommes en âge de se battre. Tu sais pourquoi ?

– Non.

– Parce que les types des milices aiment se battre, c'est leur raison de vivre, ils ne veulent pas que leurs ennemis disparaissent, ce qu'ils veulent c'est se construire des ennemis, les plus durs et les plus méchants possibles. Tu savais ça ?

– Non, mais c'est pas ça que...

À nouveau une gifle claqua, la fille tomba au sol. Fred se dit que ça suffisait et il sortit de la voiture. Paul continuait à parler :

– L'Amérique du Sud, c'est pas un continent, l'Amérique du Sud c'est un morceau de l'enfer, un morceau émergé.

– Espèce de sale connard machiste ! lança la fille.

Avec beaucoup de calme, comme s'il en avait l'habitude, Paul lui décocha un coup de pied en plein visage. Le crâne de la fille percuta la porte arrière gauche puis, sans un bruit, comme une feuille morte sur un tapis de feuilles mortes, elle tomba. Paul préparait un autre coup de pied, mais Fred le retint.

– Arrête, on s'en fout, arrête.

– D'accord, mais elle ne monte plus dans la voiture.

– On va la laisser là, elle a un téléphone, elle va appeler quelqu'un d'autre pour venir la chercher, mais viens, nous on s'en va.

– L'Amérique du Sud c'est l'enfer tu sais, quand ils ne les tuent pas ils enlèvent les filles des paysans pour les vendre en Arabie Saoudite. Je t'ai déjà parlé de Carla ?

– Oui.

– Je l'aimais, tu sais.

– Je sais.

– Elle avait... des yeux... Quand elle se réveillait le matin, elle était toujours souriante.

– Une chouette fille, avait dit Fred.

– Une fille super.

Ils étaient remontés dans la voiture, ils n'étaient pas retournés à la fête. Les effets du truc qu'avait pris Fred commençaient à diminuer et, à mesure de cette descente, il saisissait toute la violence de ce qui venait de se passer. Il se sentait gêné, mal à l'aise, il savait, on lui avait déjà dit, que Paul était complètement incontrôlable, mais le voir c'était différent. Depuis cette histoire, il ne l'avait plus jamais appelé. Paul lui avait laissé quelques messages auxquels il n'avait jamais répondu, il avait évité de se trouver dans les mêmes soirées que lui, même quand c'était Kristine qui les organisait, il l'avait croisé un jour par hasard dans un grand magasin mais il avait fait semblant de ne pas le voir. Fred arriva dans la rue où il habitait, à dix mètres, une silhouette lui fit un signe, Paul l'attendait devant la porte.

13

Les vieux amis

Paul s'était installé à côté de lui dans la voiture, à sa tête Fred comprit que lui aussi avait été surpris en plein sommeil par un coup de téléphone de Kristine. Il dégageait une drôle d'odeur, d'after-shave, de tabac et d'herbe. Il avait grossi depuis l'histoire avec la cousine lémurienne, ses cheveux étaient plus courts avec un peu de gris sur les tempes. Il se demanda ce qu'un cinglé pareil pouvait faire de sa vie pendant trois ans. Kristine lui avait dit qu'il était reparti en Amérique du Sud et qu'il avait passé quelques mois à la frontière entre le Honduras et le Panama à essayer de rentrer en contact avec un groupuscule constitué d'Indiens mené par des écologistes français professant un retour à l'orthodoxie végétalienne. On n'avait plus eu de ses nouvelles pendant plus d'un an et puis Kristine avait reçu un e-mail de Paul qui était hospitalisé à Paramaribo pour une infection de la verge et lui demandait un peu d'argent pour payer ses soins.

– Elle t'a dit ce qui se passait ? avait demandé Paul, brisant le silence.

– Elle m'a dit que c'était important, que c'était à propos de Pierre.

– Je suis crevé, j'ai tellement mal chaque fois que je vais pisser qu'ils m'ont donné quelques doses d'anesthésiant local. Pas plus d'une fois tous les deux jours. Du coup je bois un minimum.

– Tu as attrapé ça comment ?

– Je me suis baigné dans une rivière, un poisson minuscule est rentré dans mon urètre et a pondu des œufs. Les larves se nourrissent de ce qu'elles trouvent.

– C'est vraiment dégueulasse.

– Du parasitisme, comme le système libéral : la survie d'une minuscule minorité assurée par la destruction du corps qui l'abrite.

– Chouette image, avait répondu Fred qui sentait se réveiller les mouches de dedans sa tête.

Kristine vint leur ouvrir, elle avait l'air complètement épuisée.

– Merci d'être venus.

Elle les fit monter. Pierre était assis à la table du salon, il fronçait les sourcils en consultant les pages froissées d'un agenda. Il leva les yeux.

– Vous voulez boire quelque chose ?

Fred et Paul s'installèrent. Ils avaient tous les yeux rougis par le manque de sommeil, Kristine appuyée contre la bibliothèque fumait une cigarette en silence. Pierre se racla la gorge avant de parler.

– Je suis désolé de vous avoir fait venir en pleine nuit mais il s'agit de quelque chose de vraiment important, il me fallait une réponse maintenant. Avant de vous expliquer je voudrais juste que vous sachiez que vous pouvez bien sûr refuser ce que je vais vous proposer. Tout ce que je voudrais c'est que vous restiez discrets par rapport à ce que je vais vous dire.

Ils hochèrent la tête. Fred n'aimait pas du tout le ton sérieux sur lequel parlait Pierre. Ça lui rappelait son père, ça le rendait nerveux, ça réveillait les mouches de dedans sa tête. Pierre continuait.

– Je suppose que vous avez tous les deux vu les images de la manifestation en Italie.

– Une vraie merde, dit Paul.

– Oui, une vraie merde.

– Pourtant tout avait été bien organisé. Ça devait être une manif pacifique. Massive mais pacifique. Les organisateurs avaient prévu leur propre service d'ordre, ils s'étaient entendus avec la police sur le périmètre et l'itinéraire, il ne devait rien se passer.

– Comme d'habitude quelques crétins ont tout fichu par terre… fit Fred qui devait faire un effort pour entendre, derrière le bourdonnement, ce qui se disait.

– Parmi ceux qui ont tout fichu par terre il n'y avait pas un seul manifestant, dit Pierre en se roulant calmement un joint.

– Qui alors ? demanda Paul.

– Et comment tu le sais ? rajouta Fred à travers son bourdonnement interne.

Pierre marqua un temps, comme s'il hésitait à répondre puis il tira sur le joint.

– Ça fait presque cinq ans maintenant que je travaille avec des gens qui s'occupent de se renseigner sur ce qui se passe sur le terrain de la guerre qui nous oppose aux mécanismes de la mondialisation.

– La guerre c'est un peu dur comme expression, remarqua Fred.

– Non, c'est une guerre. Il y a des batailles, il y a des morts, tous les jours il y en a.

– J'en ai déjà vu beaucoup, ajouta Paul.

– Et comme dans toutes les guerres, il y a de chaque côté des services de renseignement, des agents doubles, des saboteurs, des traîtres… Toute une clique qui prépare le terrain des affrontements.

– Et c'est pour eux que tu travailles depuis cinq ans ? demanda Paul.

– Oui, enfin disons quc ceux pour qui je travaille constituent une équipe indépendante, une sorte d'agence qui compile un maximum d'informations brutes trouvées n'importe où : dans les communiqués officiels des gouvernements, dans les journaux, sur Internet en allant du site de la Banque mondiale à celui d'un timbré qui collectionne les représentations de cocker mais qui a aussi un avis sur la façon de régler le problème de la dette du tiers-monde.

– Ça en fait, du volume, remarqua Fred.

– Énorme. Tout ça tient dans quatre gros disques durs, pleins à craquer, qui constituent une formidable centrale d'informations pour ceux que le problème de l'avenir du monde intéresse.

– Quel rapport avec nous, avec la manif qui a mal tourné ?

– J'y viens. Ces gens pour qui je travaille sont vraiment méthodiques. Le groupe est constitué d'anciens étudiants allemands d'extrême gauche. Le type qui a mis tout ce réseau en place s'appelle Heinrich Müller, il est passé à travers tout, des manifs encore plus sanglantes que celle qu'on vient de voir, il a résisté à tous les coups tordus des flics de ce qui était à l'époque l'Allemagne de l'Ouest, toutes ces histoires, ça les a rendus prudents... C'est pour ça qu'ils délèguent.

– À toi par exemple, dit Paul.

– Par exemple. Mais certaines des choses qu'ils me demandent, je ne peux pas les faire seul.

– C'est là qu'on nous réveille en pleine nuit.

– Exactement.

– Explique-nous.

– Dans quelques mois il y aura une nouvelle réunion du G8. À Berlin cette fois. Nous commençons déjà à nous organiser maintenant, il faut des gens sur le terrain, pour observer, photographier, filmer tout ce qui va se passer, récolter des preuves. C'est là que vous pourriez m'aider...

Fred n'avait plus entendu la fin de la conversation. Il était parti dans la salle de bains, cent milliards de mouches lui bouchaient la vue, lui transformaient la tête en mixeur concassant des noyaux de cerise. Il s'était planté devant le mur jaunâtre de la cabine de douche et, en retenant sa respiration, il avait essayé de disperser les insectes dans un glacis mental dont les stocks, à cette heure de la nuit, se faisaient malheureusement rares.

14
Master et Johnson

Après le dîner chez son oncle, Katerine était rentrée chez elle. Fabio ne lui avait pas posé de question quant à sa longue discussion avec Fred sur la terrasse, ni sur son malaise. Tant mieux, elle ne voulait pas parler de tout ça avec lui, elle sentait au fond d'elle qu'il s'agissait de choses qu'il ne comprendrait pas.

Pendant le trajet elle sentit que la douleur au ventre s'estompait peu à peu et elle se détendit. La chaîne stéréo diffusait un standard de la musique classique joué à la clarinette et, à travers le double vitrage de la Mercedes, la ville lui apparaissait comme un film publicitaire pour du rhum industriel. Ils ne disaient rien, et ce silence entre eux lui évoquait un cercueil où l'on aurait placé tous les rêves qu'elle avait pu avoir sur son histoire d'amour avec Fabio. Elle regardait se dérouler devant elle le chemin qui les ramenait chez eux mais le profil de Fabio se dessinait dans sa vision périphérique. Elle ne savait plus si elle le trouvait beau, elle voyait sur son visage des choses qu'elle n'aimait pas : une mâchoire un peu molle, un bouquet de poils sombres jaillissant du nez, la peau sèche à la commissure des lèvres. Il l'énervait, il l'énervait, bon sang mais qu'est-ce qu'il l'énervait. Il ne comprenait rien aux choses de la vie, à l'ordre de l'univers, à l'équilibre cosmique, à la musique des sphères. Il ne savait pas ce que c'était qu'une âme ou un corps. Il ne sentait pas ce fil tendu entre la réalité et les mondes subtils des énergies. Il l'énervait et pourtant l'idée de le perdre la rendait plus triste encore qu'elle ne l'était à l'idée de passer le reste de ses jours avec lui. Toutes ces idées tristes, ce cercueil, ces poils de nez, ça lui remonta dans la gorge, la lui noua et, en quelques hoquets aigus, la fit pleurer.

Elle sentit Fabio se tourner vers elle, elle sentit son regard posé sur elle et ses sanglots. Elle savait bien ce qu'il pensait, il pensait qu'elle n'était jamais contente, qu'elle était compliquée, névrosée, il pensait qu'il n'y pouvait rien. Un feu passa au rouge et la voiture s'arrêta. Sur la gauche, la vitrine fortement éclairée d'un magasin de fournitures médicales diffusait dans l'habitacle une lumière blanche et crue. Elle sentit une main se poser sur sa cuisse, elle sursauta presque. Cette main, c'était complètement anormal. Jamais jusqu'à aujourd'hui Fabio n'avait eu de geste de ce genre. Pas qu'il ne soit pas gentil mais plutôt qu'il n'avait pas vraiment ce genre de réflexes bienveillants. Ils roulèrent encore un peu, les soupirs étouffés d'un quatuor à cordes s'échappaient de l'autoradio, accompagnant, comme dans un film, la tristesse de Katerine.

Finalement, ils arrivèrent. Fabio descendit sans un mot la rampe d'accès au garage souterrain. Dans l'ascenseur, il dit :

– Ça va aller, tu vas voir… Ça va aller.

Katerine ne comprit pas, il n'était pas au courant de ses problèmes. Elle répondit malgré tout :

– J'en suis certaine, c'est juste un moment comme ça.

Fabio hocha la tête :

– Oui, juste un moment comme ça…

Arrivé dans leur appartement, Fabio se mit à la fenêtre et regarda pensivement la nuit. Katerine se déshabilla, passa le peignoir écru qu'elle avait eu dans un hôtel californien, alla aux toilettes puis dans la salle de bains. Le miroir lui renvoyait l'image d'un visage fatigué et un peu triste. Ça la déprima, elle avait l'impression que sa vie s'était arrêtée, l'impression d'être un cheveu de vieille qui surnageait dans l'eau stagnante d'un bain. Comme elle avait commencé à se brosser les dents, elle sentit Fabio arriver derrière elle. En levant les yeux elle vit son reflet dans le miroir. Il était nu. Il s'approcha, lui embrassa la nuque, lui caressa les seins et le ventre. La tête de Katerine tourna, elle avala un peu de dentifrice mentholé qu'elle avait en bouche et ça lui brûla la gorge. Fabio releva son peignoir écru et lui glissa son sexe entre les jambes. Elle s'ouvrit, se pencha en avant puis, soudain, elle sentit trois jets tièdes contre ses fesses. Dans le reflet du miroir, elle vit Fabio, agité d'une dernière secousse, se mordre les lèvres. Brusquement il la lâcha et s'assit sur le rebord de la baignoire.

– Je n'y arrive pas. Je ne comprends pas. Je n'y arrive pas.

Katerine s'approcha et s'assit à côté de lui.

– C'est parce que tu m'aimes trop, c'est pour ça...

– Non ! Ça n'a rien à voir. Ça a toujours été comme ça. Le problème est ailleurs. Viens, je vais te montrer quelque chose.

Elle suivit Fabio dans la chambre, où il sortit une liasse de feuilles d'un tiroir.

– C'est un de mes clients allemands qui m'a donné cette documentation.

Katerine regarda. C'étaient des photocopies de mauvaise qualité. Le texte avait été traduit de l'allemand sans doute par quelqu'un dont ce n'était pas le métier : « Augmenter vos performances sexuelles ». C'était le titre.

Elle lut la suite : « La satisfaction n'est pas avec ta femme. Tu as avec la sexualité des préoccupations. À ces préoccupations, la clinique Heinz – Natural solution for sexe pour votre service. »

– Qu'est-ce que c'est ? demanda Katerine.

– Écoute, on ne peut pas continuer comme ça. J'y pense tout le temps au fait que j'arrive pas à, à... heu... me retenir. J'ai jamais su. Ni avec toi ni avec une autre... Il faut voir les choses en face... Il y a un problème... Je veux le régler.

– Et tu crois que c'est une solution, ça ?

– Il paraît. Mon client m'a dit qu'en Allemagne ils ont une excellente réputation. Efficaces et discrets.

– C'est en Allemagne ?

– Une clinique privée à Berlin. Je les ai appelés et je nous ai réservé une chambre pour la mi-octobre.

– Mais c'est dans un mois !

Fabio vint s'asseoir près d'elle. Il sentait un peu l'alcool. Entre ses jambes, son sexe pendouillait comme une insignifiante chipolata. Avec sa tête penchée, on aurait dit qu'il s'adressait directement à lui.

– Qu'est-ce que ça peut faire ? Je prendrai quelques jours de congé. Ça fait un an que je n'ai pas arrêté. Et toi, tu n'as rien de prévu, je pense ?

– Non, c'est vrai. Bon d'accord, dans un mois…

En répondant elle s'était inconsciemment touché le ventre. Il lui avait semblé qu'à l'intérieur, quelque chose avait bougé. C'était une drôle de sensation. C'était une drôle de nuit que cette nuit, d'avoir revu son cousin, cette histoire avec Fabio… C'était une nuit de conjonction, une nuit où les énergies se mêlaient les unes aux autres comme les cheveux d'Aphrodite sortant des eaux. Elle trouva ça beau d'être au centre de tout ça. Effrayant mais beau. Elle passa une main sur la nuque de Fabio.

– T'as les mains glacées, lui dit-il.

Les énergies, pensa-t-elle. Ce sont les énergies qui me refroidissent…

15
Vive les vacances

Après la réunion qui avait eu sur les mouches de dedans sa tête un effet horriblement stimulant, Fred laissa passer quelques jours chez lui, au calme, histoire de favoriser un retour à la normale.

Les jours passés au calme n'étaient pas très différents des autres jours : son téléphone était éteint, il se levait tard, il se couchait tard, il fumait un peu d'herbe, il regardait la télé sans la voir, il mangeait ce qui lui tombait sous la main et il lisait aux toilettes les offres promotionnelles que les grands magasins du coin venaient fourrer dans sa boîte aux lettres : hachis de veau – scampi – poulet – six bouteilles de côtes-du-lubéron – café –... Il ne savait pas pourquoi mais ça lui faisait du bien de lire ça et de voir les photos du hachis, des scampi, du poulet, des bouteilles et du café.

Après trois ou quatre jours de ce régime ouaté, il sentit qu'il allait mieux et il put sortir acheter du pain frais. De retour chez lui il prit un bain avec de l'huile essentielle de lavande. Ça lui fit du bien. Il mangea le pain, comme ça, sans rien, puis il se sentit prêt et il ralluma le téléphone.

Il y avait plusieurs messages. Kristine avait essayé de le joindre deux ou trois fois au sujet de billets d'avion pour Berlin :

– On va les chercher jeudi avec Pierre et Paul. Si tu viens avec nous on pourra avoir un tarif de groupe. Rappelle-moi.

Son père, lui aussi, avait laissé un message lui demandant sur un ton d'huissier de justice de le rappeler au plus vite. Enfin, sa cousine Katerine avait aussi essayé de le joindre et lui disait de sa voix flûtée de coquelicot :

– Salut Fred. Je voulais juste te dire que j'avais passé un bon moment avec toi. Ça me fait du bien de parler à quelqu'un qui sait écouter. On se rappelle, je t'embrasse.

Elle l'embrassait, c'était chouette. Il réécouta le message une fois ou deux avant de l'effacer.

Il ouvrit les fenêtres pour faire rentrer un peu d'air frais, fit la vaisselle, la sécha et la rangea. Sous l'évier, il trouva une antique bouteille de Monsieur Propre « Rosée du matin » qui avait dû appartenir au locataire précédent et il se lança dans un nettoyage complet de l'appartement. Au bout d'une heure, l'air extérieur avait renouvelé l'atmosphère stagnante et les odeurs douteuses disparaissaient derrière un épais nuage de parfum de synthèse. Dans quel ordre fallait-il faire les choses ? Peut-être les billets d'avion. Il rappela Kristine qui lui dit que les billets étaient déjà réservés, qu'elle avait avancé l'argent pour le sien et qu'ils s'arrangeraient après.

– Il faut qu'on se voie pour régler des trucs. Le logement, les contacts qu'on aura sur place et tout ça…

Et comme Fred ne répondait pas, Kristine ajouta :

– Tu sais, pour Pierre c'est vraiment important tout ça. Pour nous aussi, pour nous c'est notre engagement, notre façon de participer à ces choses qu'on essaye de construire. Mais pour Pierre c'est encore plus que ça. Pour Pierre, c'est toute sa vie.

– Je sais, répondit Fred.

– Paul sera là cet après-midi. Ce serait bien que tu sois là aussi.

– Je serai là.

Après ça il essaya sans résultat de joindre sa cousine et il laissa un message :

– J'espère que ça va. Je suis sûr que tout va s'arranger, ton ventre et ces trucs, je suis certain que ce n'est pas grave.

En raccrochant il se rendit compte qu'il aurait pu dire un truc du genre « bonjour à Fabio », puis il estima que, de toute façon, il s'en foutait de ce crétin de Fabio. Et merde ! Il avait des trucs à faire, il avait rendez-vous, il s'habilla, il était de mauvaise humeur, il voulait faire la révolution.

Deuxième partie

1
King of the impossible
(Gordon's alive !)

Pierre et Kristine étaient à Berlin depuis deux semaines pour « régler des trucs » avec les « étudiants » du réseau. Fred et Paul étaient dans l'avion, Paul dormait, Fred était de mauvaise humeur. Il trouvait que ça puait la désorganisation, ça l'énervait. Tous les quatre, ils s'étaient réunis une dizaine de fois avant le départ, chaque fois Fred espérait qu'il comprendrait un peu mieux ce qu'on attendait de lui mais chaque fois ce qui semblait clair aux yeux de tout le monde restait pour lui aussi opaque qu'un baril de brut. Même maintenant que le petit Airbus A280 commençait sa descente vers l'aéroport de Berlin-Tegel Fred n'avait rien de vraiment précis sur ce qu'on attendait de lui. Mentalement il avait fait le bilan de ce dont il était certain :

• Une grosse manif aurait lieu dans une dizaine de jours.

• Selon d'anciens étudiants d'extrême gauche (d'après les estimations de Fred le plus jeune d'entre eux devait friser la cinquantaine) la police, ou certains éléments du corps policier, tenterait comme cela s'était produit en Italie d'infiltrer la manifestation pour qu'elle tourne mal et qu'elle discrédite les manifestants (ou que les violences permettent des arrestations, ou des perquisitions, ou des confiscations, un de ces trucs ou tous à la fois, là Fred recommençait à ne plus être sûr de lui...).

• Pierre (qui avait rencontré ces étudiants, Dieu sait comment, il restait obstinément flou sur ce point) était chargé de filmer et enregistrer la manifestation « de l'intérieur » pour dénoncer l'interventionnisme de la police et montrer le caractère fasciste du capitalisme.

• Paul, Fred et, évidemment, Kristine, allaient devoir lui donner un coup de main.

C'était tout ce qu'il savait, c'était maigre et quand il se posait la question de savoir pourquoi, en en sachant aussi peu, il avait accepté de les suivre, il se disait que Pierre, Paul et Kristine étaient ses seuls amis et qu'on ne laisse pas tomber ses amis lorsqu'ils en ont besoin. Voilà, cette réponse le rassurait, ça lui donnait l'impression d'avoir des principes, enfin d'en avoir au moins un. Un principe, ce n'était déjà pas si mal. Cependant, quand en se tournant vers le hublot contre lequel Paul s'était endormi, il comprenait à quel point il n'aimait pas ce type qu'il trouvait « cinglé et dangereux », un brin de lucidité éclairait chichement un recoin de sa conscience et lui disait que s'il était dans cet avion pour aller dans une ville qu'il ne voulait pas connaître, à la rencontre d'un événement qu'il ne voulait pas vivre, c'était pour des raisons très éloignées d'un grand principe crétin d'amitié aveugle, c'était pour des raisons un peu plus impalpables se rapportant à l'image d'un père tout-puissant et à l'existence de la parfaite paire de fesses d'une cousine dont il était violemment amoureux. Sans doute un acte d'héroïsme comme il était susceptible d'en commettre dans les jours qui venaient pourrait régler certains de ces points, un héros se fout de l'image de son père sur laquelle il saute à pieds joints, un héros s'empare des fesses de sa cousine et les dévore comme deux quartiers d'orange.

Une hôtesse de l'air Lufthansa d'un mètre quatre-vingt-cinq lui dit en anglais que Paul devait redresser son fauteuil et attacher sa ceinture. Fred le secoua, Paul grogna, pendant une seconde Fred eut l'impression qu'il allait se lever et faire un scandale mais il ne se passa rien. L'avion fut pris d'un léger tremblement pendant qu'il traversait une épaisse couche nuageuse. La campagne allemande apparut en fondu, puis après elle, le légendaire réseau autoroutier et enfin les toits gris de la banlieue berlinoise. C'était le mois de novembre, on apercevait par endroits de grandes plaques de givre. La voix métallique du pilote donna un certain nombre d'informations dont la température extérieure : moins trois degrés.

Fred serra les dents.

Il avait horreur du froid.

2

Plus près des étoiles

Pendant un mois, ça avait été plus calme. Juste cette vague nausée qui la suivait partout. Si ça n'avait été l'inquiétante absence de règles, Katerine aurait pu se dire que tout rentrait dans l'ordre. Elle n'avait presque pas vu Fabio, qui voulait travailler un maximum avant le départ pour la clinique Heinz et elle s'était dit qu'elle allait essayer de se « retrouver », de se « recentrer », de « s'ancrer ». Elle rééquilibra son alimentation, supprimant les produits laitiers et la viande et prit des compléments d'oméga 3. Elle sentait qu'elle allait mieux. Il y avait bien cette gêne au niveau de l'aine, mais qui ne la dérangeait pas plus qu'un léger point de côté.

Ça avait été plus calme mais à certaines conditions : Katerine ne devait pas trop s'énerver. Elle ne se souvenait que trop de cette soirée chez son oncle où, peu de temps avant l'arrivée de Fred, une angoisse, puissante et sans objet, l'avait envahie, la conduisant tout droit dans les toilettes pour y vomir trois jets de sang. Katerine avait également remarqué que la proximité du buis et des saules lui donnait des migraines et que la présence de plomb troublait sa vue. Elle avait d'ailleurs dû ranger dans un tiroir une très jolie bague en or, deux anneaux enchâssés, que Fabio lui avait offerte quelques années plus tôt. Dommage. Sachant tout ça et au prix des précautions nécessaires, ça avait été mieux. Elle n'avait plus tenté de déplacer les objets à distance, ça lui faisait trop peur, elle avait l'impression qu'en exerçant ce talent, elle risquait d'exciter des forces qui la dépassaient. Comme elle l'avait lu dans un livre sur la maîtrise des énergies cosmotelluriques, elle prit des bains de verveine pour calmer la dilatation des chakras et remarqua un effet notable sur son humeur. Bref pendant un mois, ça avait été mieux et elle put se préparer au séjour à Berlin. Elle s'était acheté le guide *Un grand week-end à Berlin*, l'avait un peu feuilleté et était arrivée à la conclusion que Berlin était autre chose que l'ancienne capitale en ruine du Grand Reich. Les Allemands avaient l'air d'accepter les cartes de crédit et le quartier du Ku'Damm était exactement le genre de quartier capable de lui faire aimer une ville. La seule ombre au tableau était la température moyenne de neuf degrés en novembre. Katerine avait passé un long moment devant sa garde-robe, elle avait aligné sur son lit une sélection de trois beaux pulls en laine d'agneau dans les tons automne et un très beau manteau doublé acheté chez Drie Van Noten à Anvers. Elle resta un long moment à regarder tout ça et finit par appeler Fabio sur son portable.

– Il va faire glacial et j'ai rien de bien à mettre. Je veux dire de vraiment bien.

– Fais ce que tu veux. Je ne peux pas parler, je suis en réunion.

Katerine avait pensé appeler l'une ou l'autre copine pour venir avec elle mais elle se ravisa. Les événements de ces derniers mois l'avaient isolée. Tant pis, elle irait seule.

En se coiffant dans la salle de bains, elle pensa à Fabio, à combien il l'énervait, à combien elle l'aimait, à combien elle serait heureuse si leur voyage à Berlin et leur traitement à la clinique pouvait avoir une influence sur leur couple. Et puis ça faisait tellement longtemps qu'elle n'avait plus fait l'amour. Ces derniers temps, elle s'était surprise à plusieurs reprises à repenser à certains de ses ex. À un petit Grec qu'elle avait connu en vacances et qui l'avait, véritablement, « défoncée » pendant trois heures d'affilée, à un autre type, un petit blond un peu fade qui s'était avéré un génie du cunnilingus. Ça l'excitait de penser à eux, mais ça la rendait triste aussi. Elle voulait encore connaître ça. Avec Fabio. Si possible.

Dans le miroir, elle se trouva belle mais pâle. Le teint d'une fille qui fait une pub pour du yaourt au bifidus. Elle se regarda de plus près et grimaça : elle avait un bouton. En plein au centre du menton. Ça ne lui était plus arrivé depuis ses quatorze ans. Elle le pressa entre les ongles de ses index et poussa un cri. C'était affreusement douloureux. Elle mit un peu de fond de teint. Juste avant Berlin ça tombait mal. Elle appela un taxi et descendit l'attendre devant la porte. Le ciel était couvert, presque sombre, un crachin automnal laissait des flaques sur le trottoir. Elle trouva qu'il faisait une chaleur épouvantable, pas du tout habituelle en novembre. Elle regarda autour d'elle, les gens étaient habillés comme en hiver, des vestes, des bottes, des parapluies et des écharpes.

Les gens sont dingues. On leur dit que c'est l'automne et même s'il fait trente degrés il faut qu'ils se couvrent… pensa-t-elle. Elle retira son imperméable et son pull et les mit, en boule, dans son sac. Elle avait gardé son tee-shirt, mais elle avait encore trop chaud. Elle sentait qu'un peu de transpiration se formait sur sa lèvre supérieure. Elle passa son doigt. Zut ! Elle saignait du nez. Elle prit un mouchoir et s'essuya en se regardant dans le petit miroir de son blush Chanel. L'hémorragie cessa. Il ne lui restait qu'une couronne de croûtes sombres sur le pourtour des narines. Il faisait vraiment chaud. Le taxi arriva. Elle monta. Le chauffeur était un grand type, teint mat, barbe noire. La plaquette agrafée au fauteuil disait qu'il s'appelait Ibrahim El Hage. Il faisait étouffant. La voiture dégageait une odeur qui lui rappelait le thé à la cardamome. Elle ouvrit sa fenêtre.

– Vous n'êtes pas frileuse, vous ! dit le chauffeur en jetant un coup d'œil dans son rétroviseur.

Katerine ne répondit pas. Pourquoi fallait-il que les chauffeurs de taxi lui adressent toujours la parole ? Elle se regarda encore dans son petit miroir : avec son bouton et ses croûtes de sang, elle avait vraiment une sale tête. L'odeur de la voiture était puissante et tenace. Katerine se retint d'avoir une pensée raciste. Elle était au bord de la nausée.

– Vous êtes sûre que ça va ? demanda encore le chauffeur.

– Ça va très bien. Merci.

Le taxi déposa Katerine devant un magasin qu'elle aimait bien.

– Ça ira bien, vous allez voir, dit le chauffeur au moment où elle le payait. Il avait l'air inquiet.

Katerine entra dans le magasin et remarqua en grimaçant que la climatisation n'était pas en route. Pire ! Il lui sembla qu'on avait même mis le chauffage. Une vendeuse s'approcha d'elle.

– Bonjour, je peux vous aider ?

Elle était grande, habillée en noir avec des cheveux teints auburn. Elle ressemblait à une sorcière celte qui se serait changée en belle fille mais qui, au fond, serait toujours sorcière. Katerine se méfia.

– Non. Je jette juste un coup d'œil.

La sorcière battit en retraite et Katerine se dirigea vers le fond du magasin. La chaleur était vraiment épouvantable, ici aussi ça sentait la cardamome.

Surtout ne pas vomir. Pas ici, se dit-elle en essayant de se concentrer sur les vêtements.

Comme elle regardait un grand manteau Azzedine Alaïa en velours, la sorcière lui adressa à nouveau la parole :

– Il est magnifique. Et vous avez vu les reflets quand il bouge ?

Katerine sursauta. L'odeur était cinq fois plus violente que dans le taxi. Elle sentait que le dos de son tee-shirt était trempé de transpiration. Tout en lui parlant, la vendeuse tripotait un pendentif en argent. Katerine regarda les mouvements de l'objet : un dauphin. Katerine se souvint qu'elle avait lu dans un livre sur les secrets cosmogoniques des Atlantes que le dauphin était le symbole de leur continent disparu et était devenu un signe de reconnaissance. Elle re garda la vendeuse : ce n'était pas une sorcière, évidemment, comment avait-elle pu être naïve à ce point ? C'était une Atlante. Les Atlantes, ces êtres humanoïdes qui avaient bien failli régner sur la Terre à la place des humains. Katerine recula d'un pas.

– Je ne crois pas qu'il soit pour moi. Je vais... y aller.

La vendeuse sourit.

– Si vous voulez, nous avons autre chose. Nous avons reçu des gilets Cacharel... Vous ne vous sentez pas bien ?

Non, elle ne se sentait pas bien. La chaleur était devenue insupportable, aussi insupportable que l'odeur de cardamome. Du sang avait recommencé à couler de son nez et venait s'écraser en grosses gouttes sombres sur le devant de son tee-shirt et le carrelage immaculé. Au fond d'elle, quelque chose lui hurlait de reprendre ses esprits : qu'on était dans un magasin normal, avec une vendeuse normale, à avoir une activité normale d'achat de manteau. Mais autre chose criait plus fort encore qu'il était en train de se passer quelque chose qui était loin d'être normal, qu'elle était en danger et qu'elle allait devoir fuir au plus vite.

– Reculez. Ne vous approchez pas de moi !

La vendeuse se figea sur place.

– Mais enfin, je vous assure que...

Katerine avançait à reculons vers la sortie du magasin.

3

Crise du logement

Kristine et Pierre étaient logés dans un appartement minuscule – deux pièces plus douche avec toilettes communes dans la cage d'escalier.

– On sera un peu les uns sur les autres, avait dit Kristine.

L'appartement se trouvait dans une maison en pur béton garanti d'après guerre, construite en lieu et place d'une usine de gamelles en fer détruite pendant les bombardements de 1944. En 1996 l'endroit avait été vendu à une vieille femme originaire d'un obscur village est-allemand qui avait fait fortune on ne savait trop comment et qui avait transformé le tout en maison de rapport, divisant les étages en une multitude d'appartements aussi minables les uns que les autres. Quand il entra, Fred remarqua une étrange odeur, un mélange de choux, de saucisse, de sueur, de fumée de cannabis et de gel douche à la mangue. Depuis la seule fenêtre donnant sur la ville (la fenêtre arrière donnait sur une cour où s'entassaient des boîtes vides), on voyait le haut de l'antenne de télévision d'Alexanderplatz se dresser entre les toits.

Fred et Paul avaient déposé leurs sacs dans un coin pendant que Kristine faisait un discours irritant sur l'« organisation » :

– C'est tout petit ici. C'est le genre de plan où tout le monde se bouffe le nez s'il n'y a pas de règles précises dès le départ. Par exemple pour la douche, la chaudière est minuscule. Il y a à peine assez d'eau pour une seule douche. Après ça il faut attendre une demi-heure pour que la réserve soit pleine. Alors j'ai pensé que ce serait mieux si on faisait deux groupes, le groupe du matin et le groupe du soir. Pour les courses, on a pensé que le plus simple serait un pot commun...

Ça parut long. Fred se dit que Kristine était en train de se transformer en fille chiante. Peut-être à cause des responsabilités. Pendant tout ce temps, Pierre regardait avec attention l'étiquette d'une bouteille de produit vaisselle comme s'il pensait y trouver la réponse à une question fondamentale. Fred avait faim, la lumière extérieure lui faisait penser à celle d'une tombe de chevalier teutonique. Mais plus que ce climat sinistre, que cet appartement pourri ou que le discours ménager de Kristine, ce qui lui fichait le cafard c'était de comprendre de moins en moins ce qu'il faisait là. Il jeta un œil à Paul, qui regardait Kristine en se pinçant les lèvres. Puis Kristine conclut son exposé en parlant de l'entretien des toilettes du palier rendu problématique à cause d'un musicien croate qui habitait un étage plus bas. Il y eut un moment de silence, Pierre abandonna le produit vaisselle et se saisit d'une bouteille d'eau de Javel.

– Bon, et nous ? demanda Paul.

– On les rencontre demain matin, dit Pierre.

– Les Allemands ? Les étudiants ? Ceux avec qui tu travailles, c'est ça ?

Pierre semblait mal à l'aise.

– Oui. Il marqua un silence durant lequel il regarda encore la bouteille d'eau de Javel, puis il releva la tête.

– Il faut que je vous explique deux ou trois choses. Si on allait boire un verre ?

– On pourrait manger un bout aussi, dit Fred.

– Excellente idée.

Ils descendirent. Dehors, un peu de neige fondante s'était mise à tomber, Fred rentra la tête dans les épaules. Ils traversèrent la rue, entrèrent dans un café vide, s'installèrent près d'une fenêtre. Les murs étaient couverts d'affiches d'agences de voyage invitant à partir pour l'Espagne. Un grand barbu en pull-over s'approcha et Pierre lui commanda en anglais des bières et des saucisses. Paul refusa de prendre une boisson.

– Je bois un minimum. À cause de mon urètre. Avec l'infection que j'ai eue ça fait un mal de chien quand je pisse, alors… On t'écoute maintenant. Qu'est-ce que tu voulais nous dire à propos de tes copains étudiants ? Ce Heinrich Müller par exemple ? demanda Paul.

– Ce ne sont pas des amis. Ce sont des gens dont je partage les idées, ce sont des gens pour qui je pourrais prendre tous les risques mais ce ne sont pas des amis.

– OK. OK, fit Paul. Excuse-moi, mais tu fais tellement de mystères.

– C'est une question de survie. Si je n'ai pas tout dit dès le départ c'est pour des raisons de sécurité.

– Tu n'as pas confiance. Tu avais peur qu'on aille parler aux flics ou quoi ?

– Oui.

Paul sursauta comme s'il venait de recevoir une gifle en pleine figure.

– Mais tu nous prends pour qui ?

Pierre esquissa un sourire désolé :

– Vous êtes mes amis, mais vous êtes aussi des êtres humains. Dans toutes les guerres, combien sont-ils, parmi les plus déterminés, à être parvenus à ne rien dire ? Vous n'imaginez pas ce qu'ils sont capables de faire pour obtenir des informations.

– Qui va nous faire quoi ? Je ne comprends pas ce que tu racontes. L'Europe, ce n'est pas la Colombie. J'ai l'impression d'entendre parler un de ces paranos qui voient des complots partout.

Pierre sortit son sourire désolé pour la deuxième fois. Ça commençait à agacer Fred.

– Paul, je sais que quand tu étais là-bas tu as vu beaucoup de choses et tu as eu des moments très difficiles et c'est certainement ta force. De nous tous, tu es le seul à avoir regardé la violence en face, mais…

– Où est-ce que tu veux en venir ?

Les bières arrivèrent, suivies par des saucisses baignant dans une sorte de sauce tomate.

– Dans une semaine, le G8 se réunit ici, dans cette ville. Vous avez vu les affiches, vous avez vu les tags. Le gouvernement a débloqué un budget exceptionnel pour la sécurité, il y aura des flics dans tous les coins et même les militaires seront de la partie. Ils ont tellement la trouille que leur petite fête soit gâchée qu'ils ont demandé l'aide des États-Unis qui envoient une division. Rien que ça, ça leur coûte des millions d'euros. Vous saviez qu'il y a deux mois, ils ont fait rénover près de mille mètres carrés de caves à quelques pas du Reichstag, des caves qui servaient aux services secrets du Reich ? La semaine passée, trente excités des forces spéciales ont investi un appartement de soixante mètres carrés. Il y avait là deux filles et un mec en train de bosser pour un journal écologiste. Ils préparaient un article sur la culture des OGM en plein champ. On les a emmenés dans les caves en question où ils ont passé trois jours puis on les a laissés partir. Un haut gradé les a menacés de mort s'ils racontaient ce qui s'était passé. Une de ces filles s'est réfugiée chez les Allemands pour qui je travaille, chez Heinrich Müller, c'est comme ça que je sais tout ça. Elle a dit qu'elle avait vu des cellules aménagées et fonctionnelles par dizaines, du matériel de torture prêt à l'emploi, des types en civil avec des têtes de malades, ni des flics ni des militaires, qui avaient l'air de se préparer à faire la fête. On les a camés avec Dieu sait quoi, cette fille ne sait même pas ce qu'on lui a fait, tout ce qu'elle sait c'est que ces dingues lui ont dessiné des croix gammées sur le cul et sur les seins...

Pierre était devenu tout rouge, aussi rouge que la sauce des saucisses. Il toussa, ses yeux se mirent à pleurer. Il ouvrit la bouche et tenta d'aspirer un peu d'air mais sans succès. Kristine se leva et le saisit sous les bras.

– Merde ! Aidez-moi ! Il faut lui injecter son truc !

– Mais qu'est-ce qu'il a ? hurla Fred complètement paniqué.

– Une réaction allergique ! Il devait y avoir quelque chose dans cette sauce !

4
Tendre aurore

Fabio lui toucha l'épaule.

– Katerine ?

Elle était réveillée depuis près d'une heure, mais elle ne voulait pas ouvrir les yeux. Elle savait que la réalité était devenue un endroit où il valait mieux se trouver le moins souvent possible.

– Katerine ?

Fabio était allongé derrière elle et lui parlait doucement près de l'oreille.

– Katerine, il est neuf heures. Si tu veux aller faire quelques achats c'est le meilleur moment…

Elle savait tout ça. Elle savait qu'ils étaient à Berlin, dans un hôtel de luxe, le Westin Grand. Elle savait que le temps était épouvantable, crépusculaire depuis qu'ils étaient arrivés deux jours plus tôt. Depuis deux jours, elle avait l'impression de vivre dans un pays en plein hiver nucléaire. Fabio qui avait tout organisé avait déjà dû revoir son planning. À cause d'elle, c'est vrai… Mais pourquoi avait-il cru qu'elle voulait visiter cette ville ? Elle était épuisée, elle était malade et des forces inconnues s'acharnaient sur elle sans qu'elle comprenne pourquoi. Elle aurait voulu dormir des jours entiers. Elle ne voulait pas être à Berlin, elle ne voulait pas suivre un traitement de dix jours à la clinique Heinz pour régler les problèmes de Fabio et, surtout, elle ne voulait pas faire de shopping. Elle voulait qu'on la laisse seule.

– Katerine.

Lui aussi, il sentait la cardamome. Comme la vendeuse du magasin qu'elle avait prise pour une Atlante dans un inexplicable moment de délire. Si les Atlantes existaient bel et bien, et rien n'était moins sûr, ils n'étaient pas vendeurs mais chefs d'État ou directeurs de banque. Soit… Juste avant de partir et au lieu de faire sa valise, elle avait passé une demi-journée le nez plongé dans les livres à la recherche de ce que pouvait bien signifier cette odeur de cardamome qu'il lui semblait sentir un peu partout. Elle se disait que c'était sans doute une clé de ce qui était en train de lui arriver. Elle n'avait presque rien trouvé. La plante était mentionnée dans un livre intitulé : *Magie blanche, magie noire : les présences occultes contemporaines*. L'auteur consacrait un chapitre à la sorcellerie provençale au Moyen Âge où, expliquait-il, « les plantes aromatiques et poivrées comme la "fiente du Diable", ou Cardamome, originaire d'Inde introduite en Europe par saint Elegure, le croisé sataniste, étaient utilisées pour le traitement des cors aux pieds ». Katerine était bien avancée.

– Kateri… commença Fabio.

– Oui ! Je sais ! Il est neuf heures ! Katerine s'était redressée. Elle regarda la chambre, le chic allemand, design froid et matières nobles. Elle soupira.

– Donne-moi un quart d'heure. Le temps de me réveiller.

– Fais à ton aise. C'est une journée de vacances après tout... Fabio aussi s'était levé. Quand elle rentra dans la salle de bains, elle l'entendit qui allumait la télévision.

Elle se planta nue devant un grand miroir incrusté dans un mur en carrelage sombre. Ses seins avaient pris du volume, c'était évident, son ventre avait peut-être aussi légèrement gonflé, mais elle n'en était pas certaine. Le bouton qu'elle avait remarqué le jour de sa crise était toujours là, entre le rouge et le jaune, son contact le rendait aussi douloureux que la pointe d'un clou.

Elle se mit sous le jet d'eau brûlant et ferma les yeux. Ça lui faisait du bien, cette eau. Ça éclairait les idées. Elle prit un peu de gel douche Lancôme acheté à l'aéroport, Trésor : pêche, ananas, bergamote, rose, iris, héliotrope, jasmin, santal, musc, vanille. Tout ça lui donna des forces. Elle en avait marre d'être fatiguée, elle en avait marre d'avoir peur. Elle en avait marre de s'apitoyer sur son sort. Merde ! Elle avait été la plus belle fille du lycée, elle avait été une déesse aux yeux d'un demi-millier de garçons, elle était faite pour la Vie et pour l'Amour. Elle l'avait toujours su. Elle l'avait sans doute oublié ces derniers temps, mais maintenant, à la faveur des principes actifs contenus dans le savon de luxe, elle s'en souvenait.

– Je ne devrais pas résister comme ça. Je ne devrais peut-être pas avoir peur de tout ce qui arrive. Je devrais essayer d'avoir confiance.

Ça lui était venu comme ça, alors qu'elle se savonnait le corps, une évidence lumineuse. Elle allait se laisser aller à tout ça, s'offrir à ces forces, s'offrir aux énergies, à l'orgone, à l'éther, elle ne savait pas comment appeler ça mais peu importait, elle allait se laisser aller. Elle le savait, elle l'avait toujours su, qu'elle était spéciale, qu'elle avait été désignée. Ça faisait un peu peur, mais elle serait forte. Aujourd'hui, elle avait rendez-vous avec son destin.

Elle coupa l'eau et sortit de la douche. La salle de bains baignait dans un épais brouillard parfumé Lancôme. Katerine s'assit sur le bord de la baignoire et regarda autour d'elle à la recherche d'un objet. Elle se décida pour un grand porte-savon taillé dans un galet. Elle se concentra, fronça les sourcils et le porte-savon se souleva de quelques centimètres. Elle comprit comment ça fonctionnait et elle le fit se déplacer de droite à gauche, doucement. Puis pour essayer, elle le fit traverser toute la salle de bains, jusqu'à ce qu'il arrive à côté d'elle et se pose dans sa main. Elle sourit. Son cœur battait, elle avait encore un peu peur, mais elle se sentait déjà nettement mieux.

Elle se releva, elle avait envie de se faire belle. Après ça, elle irait faire du shopping.

5
Vésicule biliaire

Le serveur du café, le gros barbu en pull-over, avait aidé à porter Pierre jusqu'à l'appartement. On l'avait allongé sur le lit à moitié conscient, la couleur de son visage passant du rouge vif au bleu profond. Kristine avait foncé dans la salle de bains et elle était revenue avec une seringue remplie d'un liquide jaunâtre.

– Il faut le déshabiller. Il transpire tellement qu'il risquerait d'attraper une bronchite, fit-elle.

Tout le monde s'y mit et Pierre se retrouva à poil sur le lit en moins de trente secondes.

– Ach scheise ! fit le gros Allemand en pull-over.

– Merde ! fit Paul.

– Merde ! fit Fred.

– Ne faites pas cette tête ! Vous savez tous qu'il est particulier, dit Kristine en lui injectant le liquide dans le haut de la cuisse.

– Mais... qu'est-ce que c'est que ce truc, là... dit Fred en indiquant le bas-ventre de Pierre. On dirait...

– On dirait une bouche...

– Mein Gott. I return to work ! dit l'Allemand, qui quitta la pièce en lançant une tirade en version originale.

– Les miracles de la génétique, ironisa Kristine. En plus d'avoir toutes ces… allergies, il a ce truc. On l'a pas mal trituré quand il était embryon, ça a dû dérégler des choses.

Pierre gémit. Avec une douceur presque maternelle, Kristine lui essuya le front.

– Mais qu'est-ce qu'il fait… avec cette bouche ? demanda Fred en regardant l'ouverture rosâtre se fermer et s'ouvrir sur le ventre de Pierre.

– Mais rien. Que veux-tu qu'il fasse ? C'est un organe qui ne sert à rien ! Il y a une dent à l'intérieur et un petit truc qui ressemble à une langue… C'est tout. L'ouverture ne donne sur rien, c'est un creux de dix centimètres qui ne sert à rien. À rien !

Elle s'était mise à pleurer. Le genre de chose qui mettait Fred super mal à l'aise. Même Paul avait l'air embarrassé.

Pierre reprit conscience. Il toussa et ouvrit un œil.

– Il faudrait que je boive un peu, dit-il d'une voix étranglée.

Kristine fila lui chercher un verre d'eau.

– Ça va ? demanda Paul.

– Ça va. J'ai l'habitude, dit-il avec un sourire forcé.

– C'est dingue ce truc sur ton ventre ! lança Fred.

Pierre ferma les yeux comme si une douleur intense le traversait.

– Tu ferais un excellent diplomate ! ironisa Pierre. Qu'est-ce que tu veux, on a tous nos petits problèmes, hein ?

– Heu, oui, fit Fred, en se demandant si Pierre était au courant pour son histoire de mouches de dedans sa tête.

En l'espace d'une seconde, Pierre devint aussi blanc qu'un galet.

– Oh ! Merde ! dit-il. Il se releva en chancelant et courut vers les toilettes, bousculant au passage Kristine qui revenait avec le verre d'eau. On l'entendit vomir dans les toilettes, un silence assez long suivit pendant lequel personne n'osa rien dire puis Pierre revint, blafard, nu, avec cette bouche sur le ventre qui faisait comme une grimace boudeuse.

– Faut que je dorme. C'est l'injection. Je suis désolé. Chaque fois ça me fait gerber, dit-il avec une voix pâteuse et une diction lente et laborieuse. Bon, on a rendez-vous demain avec Heinrich Müller, à sept heures, c'est un matinal. Je voulais juste vous prévenir… c'est quelqu'un qui a beaucoup étudié et réfléchi sur le sens de notre société. Il a découvert des choses qui pourront vous paraître… étranges. C'est normal. Mais n'oubliez jamais qui il est… N'oubliez jamais que si une personne connaît la vérité du monde, c'est Heinrich Müller.

– Je brûle d'impatience, fit Paul en souriant.

Pierre le fusilla du regard.

– Ne sois jamais ironique en sa présence ! Je t'assure ! Tu ne te rends pas compte.

Paul haussa les épaules.

– On verra ça. Je crois que tu as besoin de dormir. T'as vraiment une sale gueule.

Fred et Paul s'installèrent dans une petite pièce jouxtant la salle de bains. Kristine avait posé un grand matelas sur le lino. Deux coussins râpeux empruntés au canapé du salon faisaient office d'oreillers.

– Ça ira ? avait-elle demandé.

Paul avait souri.

– J'ai connu pire.

Ce n'était pas le cas de Fred. Allongé dans la pénombre, les yeux fixés sur une tache lumineuse dessinée sur le plafond par la lumière d'un réverbère, il essaya un long moment de s'endormir. Des voix d'hommes ivres lui parvenaient du café d'en face et il revit la face rouge du gros barbu. Des images obscènes de cet homme sodomisant sa cousine suivirent, l'informant de la fragilité de son psychisme. Mais pourquoi était-il incapable d'avoir une imagination normale, pourquoi était-il incapable de penser « normalement » à sa cousine ? L'imaginer à poil, pourquoi pas ? Mais l'imaginer normalement. Il avait un peu froid, il soupçonnait la chaudière de ne pas vraiment fonctionner. Couché à côté de lui, Paul n'arrêtait pas de bouger, laissant l'air froid s'insinuer sous les couvertures.

– Je crève de soif, dit-il soudain. J'ai tellement soif que ça m'empêche de dormir.

– Tu dois quand même boire un tout petit peu. Ça fait combien de temps maintenant ?

– Douze heures.

– C'est sûrement mauvais. Pour tes reins. Tu vas les foutre en l'air…

Paul ne dit rien. Puis, il se leva et revint avec une bouteille d'eau qu'il vida d'un trait.

– Ça va me faire crever. Demain ça va être l'enfer.

Fred dormit mal.

6

De l'autre côté du miroir

Quand Kristine vint les réveiller, il semblait à Fred qu'il venait enfin de s'endormir.

– Il est six heures, les mecs, et on doit être de l'autre côté de la ville dans moins d'une heure.

Fred avait dans la bouche le sale goût des saucisses de la veille. À côté de lui, Paul ne faisait pas mine de se réveiller. Il ne bougeait pas et respirait à peine. Fred le secoua mais sans succès.

– Faudrait essayer avec un verre d'eau. Quand j'étais chez les scouts...

Paul se redressa d'un coup.

– Pas d'eau ! Surtout pas d'eau ! Merde ! Ça fait une nuit que je me retiens et j'aimerais tenir encore une heure ou deux. Merde !

Ils ne déjeunèrent pas et quittèrent rapidement le petit appartement. Dans les escaliers, ils croisèrent le musicien croate qui rentrait du travail. Il avait l'air blafard et minuscule, complètement épuisé.

– Il décharge des conteneurs six nuits par semaine. Des conteneurs de fer. Ce type a un premier prix du conservatoire et tout ce que l'Europe lui offre c'est ça… dit Pierre qui était encore un peu verdâtre. C'est aussi un peu pour lui qu'on se bat, conclut-il en rentrant les épaules au contact du froid extérieur.

Fred ne voyait pas le rapport, il avait envie d'un café et il s'en foutait un peu de savoir si des conteneurs étaient déchargés par des musiciens ou des profs de kendo. Il neigeait, d'étranges petits flocons, durs et coupants comme des éclats de verre, qui s'accumulaient en une mince couche sur les trottoirs de la ville. Ça faisait longtemps, sans doute depuis l'époque où il faisait des études, qu'il ne s'était plus levé aussi tôt et qu'il ne s'était plus mêlé à la foule des travailleurs. C'était une drôle d'impression de voir tous ces visages mal réveillés, tous ces visages de gens pour qui cet enfer matinal où se mélangeaient vent glacial et promiscuité était quotidien, il se sentait presque comme un imposteur.

Ils suivirent Pierre qui s'engouffra dans une bouche de métro. La foule se fit encore plus dense. Des haut-parleurs diffusaient de la variété internationale et sur des écrans, deux Latinos tatoués, physique d'haltérophile, s'engueulaient en musique avec une dizaine de filles.

Kristine mit quelques euros dans un distributeur automatique et leur offrit une pâtisserie rosâtre en guise de petit déjeuner. Un métro bondé finit par arriver.

– Vous avez vu ? fit Pierre en montrant une série d'autocollants plaqués contre une fenêtre de leur rame où s'étalaient des slogans en anglais : *Save the Earth, Stop the G8, The world is for everybody, Save your life, say no !*

– On n'est pas seul... conclut Pierre. C'est ça qu'il faut se dire.

Fred eut la drôle d'impression qu'il essayait de se donner du courage. Sans doute était-ce la lumière blafarde de la rame de métro, sous laquelle les visages prenaient la couleur de la viande de boucherie, mais Pierre avait un air désespéré qu'il n'avait pas remarqué avant ce jour.

Les stations se succédaient, la rame se remplissait dans des proportions dépassant l'imagination. L'intérieur devenait un paquet humain où s'emmêlaient bras et jambes dans ce qui finissait par ressembler à une sculpture contemporaine un peu moche. Finalement, Pierre dit :

– On descend à la prochaine.

Fred joua des coudes pour s'extraire et retrouva les autres sur un quai quasi désert.

– On est complètement au sud de la ville. Il n'y a pas grand monde qui travaille ici. La plupart des gens vont plutôt vers le centre. Dans ce coin-ci, tu ne vas trouver que des chômeurs et des familles d'Europe de l'Est qui se terrent dans des appartements insalubres de peur d'être ramenés à la frontière...

Fred ne savait pas si Pierre exagérait mais quand ils sortirent de la station, ce qui les attendait c'était un véritable paysage de dévastation : des maisons grisâtres, des rues défoncées où étaient garés, çà et là, crasseux, d'obscurs modèles de voitures. Il avait continué de neiger durant le trajet. Une mince couche de blanc recouvrait tout, pareille à du sucre glace sur un gâteau à la fraîcheur douteuse.

– C'est pas très accueillant, dit Paul.

– On n'a jamais dit que vous partiez en vacances, répondit Kristine avec un grand sourire.

Ils marchèrent quelques minutes, assez de temps pour que Fred commence à sentir cette atmosphère lui ronger le moral, puis Pierre finit par lâcher en indiquant un immeuble à appartements de quatre étages, surplombant une station-service à moitié démontée :

– C'est là. C'est ici qu'habite Heinrich Müller.

7
En pleine forme

C'était le milieu de l'après-midi. Après quarante-huit heures d'un temps épouvantable fait de vent et de neige fondante, un étonnant soleil était apparu par une trouée dans les nuages. Une lumière blanche et dure dans un ciel de lait que Katerine regardait, à travers la fenêtre, en plissant légèrement les yeux. Elle trouvait que la manifestation soudaine du grand principe solaire revêtait, en cet instant précis, une signification particulière. Ce soleil de cristal, c'était comme une illustration de l'illumination dont elle avait été l'objet le matin précédent dans la salle de bains de l'hôtel, à la faveur des principes actifs contenus dans le parfum Lancôme. C'était comme un encouragement, comme une balise posée sur son chemin par les forces qui passaient, à travers elle, d'un univers à un autre.

Cette histoire de passage d'un univers à l'autre, elle n'en était pas certaine à cent pour cent, mais c'était ce qui lui semblait le plus probable au regard de ce qu'elle avait lu dans un livre sur Uri Geller. Ce qui était important c'était qu'elle les acceptait, ces forces, qu'elle en était le vecteur, comme une mère transmet la vie sans forcément comprendre le mystère de l'ébullition biologique dont elle est le théâtre, mais aimant toutefois, déjà et pour toujours, l'enfant à naître. Ça devait d'ailleurs avoir un rapport avec les résultats d'analyse de son gynécologue. Sans doute. Peu importe. Elle verrait bien.

Katerine avait mis une jupe en velours assez courte, des bas blancs Prada et une paire de bottes en daim trouvée la veille sur Friedrichstrasse. De belles bottes. Des bottes qui allaient bien avec l'ensemble blouson tee-shirt, Prada aussi. Hypersexy. Elle le savait. Le chauffeur de taxi turc qui les avait accompagnés jusqu'à la clinique, n'avait pas arrêté de la mater dans le rétroviseur. À l'hôtel aussi, on l'avait matée, les deux types de la réception s'étaient arrêtés de parler quand elle était passée devant eux et elle avait senti leur regard se poser sur elle. Un regard tout collant. Hypersexy. Quand elle s'était regardée dans la glace, le matin même, elle avait compris qu'elle était, à nouveau, en pleine possession de ses moyens. Le bouton qui était apparu sur son menton quelques jours plus tôt n'était plus qu'une infime trace rosâtre qu'elle avait dissimulée avec un crayon correcteur et sa mine, ses cheveux, ses dents, sa peau brillaient des mille éclats de la pleine santé. Comme dans une publicité Chanel.

Le médecin leur parlait depuis un temps indéterminé. À côté d'elle, Fabio se tenait raide sur son fauteuil. Il l'énervait mais elle le trouvait beau. Elle sentait un grand vide à l'intérieur de lui et sentir ce vide était une sensation étrange, pas vraiment gênante. Une sensation nouvelle, en tout cas. Cette beauté et ce vide, ça lui faisait apparaître Fabio comme un joli chien de race. Peut-être pas de race, au fond. Un chien en tout cas. Comme il lui tenait la main, elle la lui caressa. Il détourna une seconde son regard du médecin pour la regarder. Elle lui sourit. Un gentil chien.

Le bureau du médecin principal et fondateur de la clinique Heinz était décoré avec tout le goût dont était capable un catalogue de mobilier contemporain. Bois et chrome, un Powerbook où l'économiseur d'écran affichait, en boucle, une cinquantaine de photos de famille dans un lieu qui ressemblait à un club de vacances espagnol. Depuis les trois larges fenêtres, on voyait le jardin bien entretenu de la clinique, des allées qui devaient fleurir au printemps, quelques bouleaux givrés dans les branches desquels se diffractait l'intense lumière du soleil, une poignée de merles fouillant la terre gelée à la recherche d'un peu de nourriture.

Le docteur Heinz était un homme d'une soixantaine d'années, presque chauve, de petite taille et à l'allure tellement soignée qu'il donnait l'impression d'avoir été verni, teinte chêne clair. Il portait un costume discret en coton gris, une cravate unie anthracite et une alliance en or. Il parlait français à la perfection. Pendant que Fabio expliquait son problème, il avait pris quelques notes sur un carnet, en hochant la tête, comme s'il comprenait parfaitement de quoi il s'agissait.

– Peut-être que votre épouse, Katerine, voudrait dire quelque chose, fit le docteur en se tournant vers elle.

En entendant son nom, Katerine détourna son regard des oiseaux noirs. Elle sourit, elle se sentait bien, elle se sentait hypersexy, en harmonie avec les planètes, le rayonnement cosmique, les vibrations telluriques et tout le reste. Elle fit son plus beau sourire cent pour cent labellisé grand charme.

– Non. Je ne saurais pas quoi vous dire. Si je peux faire quelque chose pour aider mon mari... Pour vous aider à aider mon mari, n'hésitez pas...

Le médecin sourit.

– L'éjaculation précoce est un des grands mystères de la sexologie moderne, vous savez. Il existe un nombre presque infini de dysfonctionnements sexuels, plus ou moins exotiques, chez l'homme, chez la femme. Il y a toutes les variations de l'impuissance et de la frigidité... Tout cela se traite plus ou moins facilement. Mais l'éjaculation précoce, voyez-vous, cette... affection... tellement répandue... Eh bien elle reste tenace, elle s'accroche tellement fort à l'individu qu'elle finit presque par se confondre avec lui, voyez-vous, comme ces coquillages sur des rochers...

Le médecin laissa passer un temps. Il semblait satisfait de l'image qu'il venait de donner. Il gratta sa tête chauve et puis reprit.

– Votre question c'est donc : « Docteur, comment arrache-t-on ces coquillages du rocher ? » N'est-ce pas ?

Fabio se racla la gorge, mal à l'aise. Katerine lui serra la main.

– Heu. Oui, dit-il.

– J'ai longtemps réfléchi et travaillé sur la précocité. J'ai rencontré, oh ! la la, des centaines d'éjaculateurs précoces et... J'ai fini, ça n'a pas été simple, vous savez, avec tous ces gens qui traînent toute cette morale, dès que vous travaillez sur des sujets aussi délicats que le sexe, vous passez rapidement pour un messager de Lucifer...

Le médecin s'interrompit encore et les observa pour voir quels effets le mot Lucifer avait sur eux. Comme il ne semblait en avoir aucun, il continua.

– Bref, j'ai rencontré tous ces hommes, je leur ai posé toutes les questions possibles, je les ai observés essayer, misérablement, excusez-moi, de faire l'amour avec leur partenaire. Je leur ai mis des électrodes sur le crâne là et là – il indiqua une série de zones sur son crâne presque chauve. J'ai photographié leur cerveau en résonance magnétique, j'ai écouté battre leur cœur, j'ai fait des courbes avec leur température, j'ai été fouiller aussi loin que les techniques médicales me permettaient d'aller, et vous savez quoi ?

– Non, dit Fabio, de plus en plus mal à l'aise.

– Rien trouvé. Nicht ! Biologiquement, c'est nicht ! À ce moment, je me souviens, je m'étais dit : « Herr doktor Heinz, scheise, tu ne trouveras pas de solution. » J'étais déprimé, mais je sentais que j'étais juste derrière la porte, vous comprenez, vous ne pouvez pas savoir. Je me sentais comme Einstein la veille de son truc avec la relativité générale. Déprimé mais excité. Et puis ça m'est venu pendant la nuit, ma femme était rentrée très tard parce qu'elle était allée à un concert avec une amie. Du Mahler, des symphonies déchirantes. Ma femme s'était couchée à côté de moi et comme elle sentait que j'étais réveillé, elle m'a dit quelque chose comme : « Mahler, c'est toute l'âme allemande. » C'est là que j'ai compris. J'avais ouvert la porte ! La relativité générale du sexe ! Doktor Heinz, l'Einstein de l'éjaculation !

Sur ces derniers mots, le docteur s'était levé. Katerine, qui trouvait qu'il en faisait un peu trop, rectifia un pli dans sa jupe et attendit la suite :

– Je... Je ne comprends pas bien, dit Fabio.

Le docteur sourit. Vraiment de belles dents. Ce type devait se faire détartrer une fois par mois.

– J'avais cherché ici, il se toucha l'entrejambe, et j'avais cherché là, il pointa un index sur sa tempe. Mais je n'avais pas cherché là.

Il avait dit ça en montrant un point indéterminé au-dessus de sa tête. Il marqua un temps et, croyant lire une question dans les yeux terrorisés de Fabio, continua :

– L'âme ! L'âme ! C'est là que ça se passe, dit-il en indiquant le point indéterminé au-dessus de sa tête.

Fabio avait le regard un peu vide de quelqu'un qui voit un tapir pour la première fois. Il finit par poser une question :

– Mais pratiquement... Je veux dire pour le traitement... Pour moi... ?

Le docteur se rassit et sembla s'absorber dans la contemplation des dessins du bois précieux de son bureau.

– La solution, c'est la dissociation, dit-il doucement. Votre âme est un rocher et quelque chose est collé dessus de manière tellement puissante que vous pourriez croire que ce quelque chose fait partie de votre âme... Il n'en est rien. Ce quelque chose abîme votre vie, ce quelque chose vous éloigne de votre épouse, ce quelque chose vous mange petit à petit. Nous devons donc dissocier cette chose de votre âme.

– Vous allez faire comment alors, pour me dissocier ?

Le docteur hocha la tête. Il donnait l'impression à Katerine d'avoir attendu avec une surprise qu'il allait enfin pouvoir donner. Il décrocha le téléphone qui se trouvait sur son bureau et dit quelques mots en allemand. Un instant plus tard on frappait à la porte.

– Ja ! fit le docteur. Un jeune homme et une jeune fille rentrèrent. Tous les deux grands et blonds, avec de beaux visages rappelant certaines peintures du réalisme socialiste.

– Je vous présente Birger et Rosa. Ce sont mes assistants. Vous passerez chacun un peu de temps avec eux.

Birger s'avança vers Fabio en lui tendant la main.

– Très heureux, monsieur Liberi. C'est moi qui m'occuperai de vous durant la semaine, si vous voulez m'accompagner, je vous ferai visiter l'endroit.

Fabio se leva, il avait l'air d'un petit garçon affolé avant une prise de sang. Il regarda alternativement le docteur Heinz et Katerine comme s'il espérait trouver de l'aide. Le docteur lui sourit :

– N'oubliez pas. Dissociation. Faites-moi confiance.

Birger accompagna Fabio vers la sortie. Rosa vint serrer la main de Katerine. Elle lui souriait avec gentillesse et Katerine lui rendit son sourire. Elle était charmante, elle était d'une beauté renversante et elle sentait délicieusement la cardamome.

8

Toute la vérité

Une toute jeune fille était venue leur ouvrir la porte. Elle avait la mine un peu verdâtre de quelqu'un qui fume trop, qui boit trop et qui dort mal. Quand elle l'avait vu, elle avait esquissé un vague sourire à Paul, et elle les avait laissés entrer tous les quatre. C'était typiquement le genre d'endroit que Fred détestait : du froid, de la crasse, une odeur de moisi et une odeur de pisse. Sur les murs, du papier peint des années soixante avec çà et là une affiche annonçant un concert punk, une autre appelant au soutien d'Allende. La plus récente remontait à la grande grève du syndicat Solidarnosc.

– Je sais, tu penses qu'ils pourraient faire le ménage de temps en temps, lui dit Kristine comme si elle lisait dans ses pensées. Il faut arriver à te débarrasser de tes réflexes de petit bourge, tu seras plus heureux.

Fred haussa les épaules. La fille verdâtre cria dans les escaliers :

– Heinrich ! Heinrich !

Il y eut des bruits de pas à l'étage, puis le bruit d'un meuble que l'on traîne. Quelque chose de mou tomba. On entendit un juron prononcé dans une langue indéterminée.

– Ja ! Ja ! Komm !

– Allez-y, dit la fille verdâtre. Vous pouvez monter. Vous pouvez lui donner ça ? Elle tendit une boîte de pastilles pour la gorge à Paul. Il a attrapé froid.

Ils montèrent l'escalier grinçant. Sur les appuis de fenêtre, des plantes grasses chargées de poussière agonisaient lentement. La porte du bureau était ouverte. Devant eux Heinrich Müller ramassait de la terre et les restes d'un pot de fleurs et mettait tout ça dans un sac en plastique. Il se redressa quand ils entrèrent, il les regarda un moment comme s'il ne comprenait pas ce que tous ces gens faisaient dans son bureau, puis la mémoire sembla lui revenir.

Heinrich Müller était grand et terriblement maigre. Il faisait plus que son âge. Cet air vieux et maigre le faisait ressembler aux restes de Thoutmosis IV que Fred avait vus au British Museum à l'occasion d'un voyage scolaire. La différence c'était que la peau de Thoutmosis avait une couleur de pain grillé alors que celle d'Heinrich Müller avait celle d'un blanc de poulet s'approchant de la date limite de consommation. Il se frotta les mains à son pantalon en velours beaucoup trop large.

– Bonjour Pierre, bonjour Kristine. Vous me présentez vos amis ?

Pierre s'exécuta. Heinrich hocha la tête et les invita à s'asseoir dans un canapé défoncé recouvert par ce qui ressemblait à un vieux tapis marocain couvert de poils de chien. Heinrich déplaça une pile de journaux sous laquelle se dissimulait une chaise et il s'assit face à eux.

– Mika m'a donné ça pour toi, lui dit Pierre en lui tendant les pastilles pour la gorge.

– Merci. Elle est vraiment gentille cette petite. Quand je pense à ce qu'ils ont dû lui faire là-bas...

Fred se souvint de l'histoire des trois jeunes arrêtés par la police que Pierre leur avait racontée la veille. Heinrich se racla la gorge, des choses avaient l'air de s'entrechoquer à l'intérieur de ses poumons. Il prit une pastille et parla :

– Je vous suis très reconnaissant de l'aide que vous allez apporter à notre... petite organisation. Notre force vient de gens comme vous, qui nous prêtez un peu de votre jeunesse. Vous savez, nous ne sommes pas si faibles que nous en avons l'air, nous avons un réseau, nous avons des militants et des sympathisants et puis... Ils ne sont pas si forts, vous savez... Ils ont cette... arrogance qui les rend vulnérables. Ils n'imaginent pas qu'une bande de vieillards dans mon genre aidés par quelques jeunes gens déterminés puisse leur mettre des bâtons dans les roues...

Paul se leva soudain. Blanc comme un linge. Une goutte de transpiration venait de prendre naissance à la racine de ses cheveux.

– Les toilettes ? demanda-t-il.

Heinrich Müller le regarda, un peu surpris. Il les lui indiqua et Paul quitta la pièce avec une démarche d'automate.

– Votre ami est malade ?

Kristine expliqua l'histoire de l'infection urinaire attrapée au Honduras. À peine avait-elle terminé qu'une longue plainte d'animal blessé leur parvint des toilettes. Quelques sanglots étouffés suivirent.

– Pauvre garçon, fit Heinrich Müller en hochant la tête.

Après de longues minutes, Paul revint, tremblant, les mâchoires serrées. Il se rassit sur le canapé et, comme si la douleur l'avait fait réfléchir, il posa une question :

– Excusez-moi, mais je ne comprends toujours pas de qui vous parlez quand vous dites « ils », même quand vous dites « nous », c'est vague. Et puis je trouve que ce pays n'est vraiment pas accueillant, il fait froid, je sens que je suis en train d'attraper une angine et, dans mon état, ça ne m'enchante pas, on mange mal, on dort mal et les toilettes, si elles sont toutes à l'image des vôtres, sont parmi les plus crasseuses qu'il m'ait été donné de pratiquer… Mais tout ça, monsieur Müller, ce sont des détails, j'aimerais juste savoir ce que vous attendez de nous.

Une fois sa question posée, il s'enfonça bien dans le fauteuil. Pierre se tortillait, visiblement mal à l'aise. Kristine regardait attentivement l'ongle de son pouce. Heinrich Müller hocha la tête et les choses à l'intérieur de ses poumons s'entrechoquèrent encore une fois :

– Vous avez raison, jeune homme, il ne faut jamais accepter que les choses soient floues, eh bien, je vais essayer d'être le plus précis possible. De cette manière, j'espère que vous resterez encore un peu parmi nous. Bon, laissez-moi vous montrer quelque chose.

Heinrich Müller se leva et se dirigea vers une grande armoire en fer dont il ouvrit les deux portes. À l'intérieur, deux antiques PC étaient reliés à quelques câbles, eux-mêmes reliés à quelques disques durs.

– L'information, la documentation, le renseignement. C'est l'essentiel de notre travail. « Nous » c'est une nébuleuse : c'est moi, c'est Pierre, c'est Kristine, c'est Mika que vous avez vue en bas et certains de ses amis. Ce sont de vieux amis à moi, des amis d'avant la chute du Mur, des gens qui avaient compris que nous n'avions rien à attendre des Russes et encore moins des Américains ou de l'Europe. Ce sont des ouvriers, des mères de famille, des professeurs, des chauffeurs de poids lourd, peu importe, simplement des gens qui « sentent » que quelque chose leur échappe. Dans ce qu'on leur dit, dans la façon dont ils sont gouvernés. Aujourd'hui, « nous » c'est encore tous ceux-là, mais ce sont aussi des milliers de gens qui visitent notre site Web et qui se mettent à réfléchir et, souvent, à nous aider.

– Et « ils » ?

Heinrich Müller referma soigneusement l'armoire et revint s'asseoir en face d'eux. Il prit une nouvelle pastille pour la gorge. Fred se dit qu'il en prenait certainement trop et que ça devait dérégler des choses dans son organisme.

– « Ils »... « ils »... C'est comme nous, sans doute, une nébuleuse... Ils sont derrière les gouvernements, derrière les grands groupes industriels ou médiatiques, ils façonnent le monde tel qu'ils le désirent, dans leur propre intérêt. Certaines de leurs organisations se cachent à peine, ce sont les Skulls and Bones ou le Bohemian Club aux États-Unis, ce sont des associations supranationales, qui chapeautent l'ONU, le G8, la Banque mondiale, le Fonds monétaire : ce sont des associations ultra-select comme la commission trilatérale ou le groupe de Bilderberg. Ce sont des gens puissants et sans aucun scrupule, croyez-moi. Et ils sont au-dessus des lois...

– S'ils sont si puissants, l'interrompit Paul, comment vous laissent-ils, par exemple, avoir un site Internet ?

Heinrich Müller sourit.

– Ils sont puissants, mais nous sommes malins. Notre site est hébergé par un serveur installé sur une ancienne plate-forme de forage pétrolier située dans les eaux internationales, au large de l'Angleterre, un coin perdu où s'est installé un milliardaire excentrique, il appelle son coin Sealand, les alentours sont minés et il paie une bande d'anarchistes armés jusqu'aux dents pour garder l'endroit. Je ne sais pas combien de temps il va tenir, mais d'ici là, ça nous dépanne...

Paul regardait dans le vague, une expression indéchiffrable sur son visage :

– Je connais par cœur ces histoires de paranos. J'en ai rencontré plein, des jeunes paumés qui croyaient à tout ça dur comme fer. Des malades de la conspiration qui voient partout la main de Dieu sait quelle « puissante association secrète » et qui vous plient des billets de cinq dollars pour vous montrer qu'on y voit un visage de reptile ou une tour du World Trade Center en feu. J'ai même rencontré une fille qui était persuadée que les Teletubbies et les

Pokémons étaient les vecteurs de messages subliminaux destinés à programmer mentalement les enfants.

– Je comprends que l'on soit sceptique, Paul, c'est humain. Mais brouiller les pistes fait précisément partie de leur technique. Ils aident à colporter des ragots invraisemblables pour qu'on ne puisse plus démêler le faux du vrai.

Paul haussa les épaules.

– Ce que j'aimerais, une seule fois, c'est une preuve.

Heinrich Müller toussa et cracha dans un mouchoir. Il jeta un coup d'œil à ce qui venait de lui sortir de la gorge et fronça un sourcil mécontent avant de répondre :

– Une preuve. D'accord. Tu as un esprit scientifique, je respecte ça.

Heinrich Müller se leva, et quitta un instant la pièce. On l'entendit appeler dans les escaliers :

– Mika ! Mika ! Komm !

Il revint, suivi par la jeune fille qui avait toujours aussi mauvaise mine.

– Mika, en voilà une, de preuve.

– Je ne comprends pas, dit Paul.

– Mika était de l'autre côté. Jusqu'il y a peu de temps, Mika faisait partie des « ils ». Elle peut vous en parler. N'est-ce pas, Mika ?

La jeune fille gratta la base de cheveux où un peu d'acné avait laissé une croûte de sang séché.

– C'est vrai. Je n'aime pas me souvenir de tout ça mais... Il faut que les gens sachent... Elle se gratta la tête.

Au moment où elle allait commencer à parler, le téléphone portable de Kristine émit une sonnerie exotique. Elle décrocha.

– Allô... Oui... Oui, il est là... Je vous le passe.

Elle se tourna vers Fred, elle avait l'air ennuyé.

– Fred, c'est ton père. Il veut te parler.

9

La forclusion du nom du père

Fred avait senti un demi-milliard de mouches prendre leur envol à l'intérieur de sa tête. Il avait pris le téléphone portable que lui tendait Kristine, il avait essayé de garder son calme, le temps d'une brève seconde, il avait espéré pouvoir donner le change avec un ton sérieux de banquier ouvrant une ligne de crédit, mais quand il dit « Allô », cela fit le bruit d'un fruit mûr qui s'écrase sur le carrelage. À travers les chuintements des parasites dus à la mauvaise qualité de la communication internationale et à travers le vrombissement d'un demi-milliard de mouches, Fred entendit la voix de son père et reconnut ses intonations de foutu chef d'entreprise de deuxième zone.

– Ça fait deux jours que j'essaye de te joindre. Heureusement que j'avais le numéro de ta copine, Kristelle, nom de Dieu…

– Attends, tu permets une petite seconde, j'étais en réunion. Je vais sortir. Reste en ligne… bafouilla Fred.

Pierre, Paul, Kristine, Mika et Heinrich Müller le regardaient avec pitié. Il se leva et quitta le bureau pour se réfugier dans la cage d'escalier. Il s'assit sur une marche, à côté de l'appui de fenêtre où agonisaient les plantes vertes, il se racla la gorge et avec tout le calme dont il était capable, il recolla le téléphone contre son oreille.

– Oui, voilà, je t'écoute. Excuse-moi, on a un boulot fou, dit-il.

À plus de mille kilomètres, son père partit d'un grand rire qui s'arrêta brusquement :

– Du boulot ! Du boulot ! Sur un mobile c'est une communication qui me coûte cher alors j'ai pas le temps d'écouter tes conneries. Vraiment pas. Écoute ! Ce qui s'est passé c'est qu'il y a trois jours, j'ai reçu un appel de ton propriétaire, très inquiet parce qu'il n'avait pas reçu le loyer de ce mois-ci et que ta voisine du dessous lui avait dit qu'il y avait de l'eau qui lui coulait dessus depuis chez toi. La fille était vraiment emmerdée parce que ça avait coulé sur un piano qu'elle a chez elle et que cette eau avait fait gonfler une pièce en bois. Bref, ça lui a coûté un os. J'espère que tu es assuré ?

– Assuré. Mais… Je crois… Fred regardait fixement les feuilles jaunâtres de la plante sur fond de ciel berlinois. Il se sentait très proche d'elles. Son père continuait :

– Il ne sait même pas s'il est assuré ! Évidemment ! Mais comment est-ce possible ? Bon, de toute façon c'est pas le plus grave. Écoute ! Comme j'ai un double de tes clés, j'ai dit à ce propriétaire que j'irais voir avec son plombier. J'ai dû annuler une réunion. Parce que j'en ai, moi, des réunions, des vraies, pas avec des Kristelle et consort…

– Kristine…

– Peu importe ! Toujours est-il qu'à l'heure dite j'arrive chez toi. Le plombier était déjà là, un Arabe, remarque vraiment sympathique. On rentre, quel foutoir chez toi, même avant de partir en « voyage » tu ne fais pas le ménage… Figure-toi que j'ai vu le visage de l'Arabe et j'ai eu honte. Oui, j'ai eu honte. Le plombier a tout de suite su d'où venait le problème, le chauffe-eau de ta salle de bains. J'imagine que tu ne savais pas qu'il faut les éteindre, ces machins-là, quand on part longtemps ? Non, tu ne le savais pas ! Tu ne sais rien à rien ! Ta salle de bains est foutue et c'est pas moi qui vais payer pour les dégâts, crois-moi !

Fred ferma les yeux et vit une image de salle de bains ravagée par les eaux. Il ouvrit la bouche mais aucun son ne sortit.

– Évidemment, tu ne dis rien ! continua son père. C'est normal, il n'y a rien à dire ! Mais, je te le dis, c'est pas le pire ! Parce que quand cet Arabe, ce plombier, il s'est penché pour retirer le cache du chauffe-eau, tu sais ce qu'il trouve ?

Fred se mordit l'intérieur de la joue et ferma les yeux aussi fort qu'il le put. Il savait ce qu'ils avaient trouvé derrière le cache du chauffe-eau. Son père ne s'arrêtait pas :

– Il trouve ce sachet en plastique avec des pastilles blanches. Moi je me dis : « Tiens, des aspirines. Mais qu'est-ce que Fred peut bien fabriquer avec des aspirines derrière son chauffe-eau ? Et je le dis à l'Arabe : "Mais qu'est-ce que mon fils peut bien faire avec des aspirines derrière son chauffe-eau ?" Et là je vois cet Arabe, ce plombier, qui se tortille, mal à l'aise, et qui finit par me dire un truc comme :

“Monsieur, c’est pas des aspirines, c’est de l’ecstasy.” Je sais ce que c’est l’ecstasy, je suis informé, je regarde la télévision, j’ai vu des émissions là-dessus. Mais j’ai jamais vu de pilules d’ecstasy. Au plombier, je lui ai dit : “Vous êtes certain ?” et lui il me dit que oui parce qu’un cousin à lui avait voulu l’entraîner dans un trafic mais que lui, l’Arabe, il préférait la plomberie. Bref ! Je ne sais pas pourquoi je te raconte tout ça, je ne sais pas pourquoi je me donne la peine de rester aussi longtemps au téléphone avec toi. Alors voilà, tes études je n’y crois plus, ta thèse non plus et j’en ai assez de sponsoriser ta drogue. Tu m’as bien eu, mais c’est fini, maintenant. À partir d’aujourd’hui je ne te donne plus un sou ! Je te coupe les vivres ! Tu as quelque chose à dire ?

Fred regarda avec désespoir la plante malade. Il hocha la tête.

– Non, heu… D’accord… Bon.

Il entendit son père soupirer :

– T’as jamais été combatif, hein. Au revoir, Fred.

Un bruit sec signala qu’il avait raccroché. Fred se releva, ses mains tremblaient, les mouches de dedans sa tête volaient en tous sens. Il fouilla ses poches. Il lui restait un billet de cinquante euros et un peu de monnaie. Selon ses estimations, il avait encore cent euros sur son compte. Il sentait monter en lui une puissante nausée quand la porte du bureau s’ouvrit. Kristine passa la tête :

– Bon, tu viens ? Mika va raconter ses trucs.

Elle regarda Fred.

– Ça va ? Tu es tout blanc.

– Ça va, dit Fred.

10

Le temps des cerises

C'était difficile à expliquer, c'était venu progressivement, en plusieurs jours, à la manière d'une phase lunaire et ça avait donné à Katerine l'impression que l'on saupoudrait son cœur avec de jolies paillettes dorées. Au début, elle était simplement heureuse de voir Rosa arriver le matin et de la retrouver l'après-midi, puis une nouvelle sensation fit son apparition. Une sensation un peu effrayante mais pas franchement désagréable : Rosa lui manquait lorsqu'elle n'était pas là. Un peu plus tard encore, à ce manque s'ajouta une autre composante émotionnelle, à la manière d'une feuille de pâte sur les innombrables couches d'un feuilleté : en présence de Rosa, Katerine se mit à espérer qu'il se passe « quelque chose ». Cette attente, c'était malgré elle, c'était un sentiment aussi intense que la chaleur d'un feu de cheminée un soir de Noël et cela semblait renforcer ce qui s'était imposé à elle dès le début. Espérer quoi ? Elle ne le savait pas vraiment elle-même. Sans doute quelque chose qui ressemblerait à un volet que l'on ouvre après une longue nuit et qui laisse voir les premiers rayons du soleil se réfléchir sur un lac d'or et d'argent. C'était ça qu'elle se disait, Katerine : un lac d'or et d'argent. Et finalement, d'espérer « quelque chose » ça lui donnait presque envie d'écrire un poème. Un poème que d'ailleurs elle appellerait : *Le Lac d'or et d'argent*. Elle nota le titre sur les pages blanches à la fin de son agenda Louis Vuitton.

Un jour, elle quitta la clinique et partit faire une promenade dans Berlin. Seule. Avec le traitement, elle n'avait pas vu Fabio depuis un temps fou. Il ne valait mieux pas, lui avait dit Rosa. Elle avait demandé à un taxi de la déposer sur Friedrichstrasse à la hauteur de Kronenstrasse. Il faisait un froid de mort, un froid de fin du monde. Elle se perdit dans les galeries Lafayette, fit le tour des magasins chic : Christian Lacroix, Yves Saint Laurent, Kenzo. Elle s'acheta une crème Shiseido pour les lèvres, essaya un parfum Lancaster aux agrumes d'Orient qui ne lui allait pas. Elle hésita devant un gadget Clarins pour les mains, elle erra entre le stand Biotherm et Chanel, un peu perdue, avec l'impression d'être dans un aquarium et de regarder la vie à travers une vitre épaisse. Un étage plus haut, elle acheta sur un coup de tête une chemise Versace pour Fabio. Elle regretta presque aussitôt son achat. Puis, sans vraiment comprendre, elle acheta chez Agnès b. un joli tee-shirt noir manches trois quarts taille medium. Elle demanda un emballage cadeau, la vendeuse ne comprit pas, elle réexpliqua en faisant des gestes et reçut une boîte en carton avec un ruban. Ça c'était bien ! Elle allait faire un cadeau à Rosa. De retour dans sa chambre, elle essaya la crème pour les lèvres, elle était bien, sa bouche était en soie, elle était superbelle, elle était hypersexy, elle était comme un grand fruit mûr, comme une grande fleur ouvrant ses pétales au maximum, juste après le printemps.

11

Tout ce que vous avez toujours voulu savoir

C'est à leur retour de chez Heinrich Müller que les choses avaient commencé à mal tourner entre Kristine et Pierre. Fred s'était dit que pour que les choses tournent mal aussi vite et à propos d'un truc aussi con qu'un tarif de ticket de métro c'est que le ver devait être dans le fruit du couple Kristine-Pierre depuis un bout de temps. C'est vrai que, lorsqu'ils étaient sortis de chez Heinrich, tout le monde était déjà tendu, c'était peut-être tout ce qu'avait raconté Mika, c'était peut-être l'absence chronique de lumière de l'hiver allemand qui commençait à agir sur leurs systèmes nerveux, c'était peut-être, pour la première fois, la perception que la grande manifestation était pour bientôt et qu'elle promettait de ne pas être facile. Pour Fred c'était certainement le coup de téléphone qu'il avait reçu de son père. Merde ! Comment il allait faire ? Cinquante euros ! Il allait devoir demander à Kristine de le dépanner et il aurait l'air d'un vrai crétin. Et puis quand il rentrerait : comment il allait faire ? Il allait peut-être devoir travailler. Merde ! Et Fred se voyait avec un petit chapeau en papier en train de servir des hamburgers au McDo. Ça lui donnait froid dans le dos. Merde ! Il avait un diplôme universitaire après tout ! Enfin... Presque...

Bref, ils étaient déjà tous de mauvaise humeur quand ils avaient quitté Heinrich, ils étaient tous à cran, à commencer par Paul dont l'infection urinaire ne s'arrangeait manifestement pas et qui avait mystérieusement gardé le silence pendant tout le laïus de Mika. Ils étaient sortis un peu sonnés dans l'air réfrigéré et se dirigeaient vers la station du métro S2. Pierre s'apprêtait à mettre quelques euros dans une machine automatique à distribuer les tickets quand Kristine démarra au quart de tour, aussi nerveuse qu'une Yamaha, prenant tout le monde par surprise :

– MAIS C'EST PAS VRAI ! TU PAYES DEUX EUROS SOIXANTE CHAQUE FOIS QU'ON VA PRENDRE LE MÉTRO. C'EST DINGUE ! ÇA FAIT DES SEMAINES QU'ON EST ICI ET TU N'AS PAS ENCORE COMPRIS QU'IL Y A DES TICKETS À LA JOURNÉE POUR CINQ EUROS, OU DES TICKETS « TRAJET COURT » À UN EURO QUATRE-VINGTS ! C'EST FOU, ON EN A PARLÉ HIER ET C'EST COMME SI JE N'AVAIS RIEN DIT ! PUTAIN MAIS J'Y CROIS PAS ! QUEL CON !

Pierre était devenu tout rouge, il avait essayé de sourire, mais ça n'avait pas marché, une moche grimace s'était collée sur son visage. Après ça il avait éternué, deux fois, très fort et Fred pria pour que ce ne soit pas le début d'une nouvelle crise d'allergie. Paul leva un sourcil étonné, puis hocha la tête avec l'air de qui vient de recevoir la confirmation de quelque chose qu'il a toujours su. Un peu plus loin sur le quai, trois jeunes Allemandes rigolaient en regardant dans leur direction. Finalement Pierre dit :

– Ho ça va ! C'est pas la peine de t'exciter comme ça ! Mais qu'est-ce que t'as !

– Je n'ai rien. J'en ai marre de vivre avec des gens qui n'ont aucun sens de l'argent. Je suis fatiguée.

Fred se demanda s'il était inclus dans le « des gens » et si cette réaction était à mettre sur le compte du passé de grande bourgeoise qui collait comme du plâtre aux semelles de Kristine. Après ça, plus personne ne dit rien. Fred se disait qu'il allait devoir lui demander cinquante euros. On attendit le métro en silence, on monta dedans, on changea à Papestrasse pour embarquer dans le « circulaire ». Cette sale ambiance dans le groupe, additionnée au décor du Berlin noirâtre du début de l'hiver donnait un résultat du plus haut sinistre. Au loin, Fred apercevait le dôme brillant du Reichstag et, plus loin encore, le bout de l'antenne de la tour de télévision culminant à trois cent soixante-cinq mètres. Et partout, des grues. Berlin, une ville de grues. Dans le brouillard, ça faisait penser à Jurassic Park.

Fred n'arrêtait pas de revoir le visage verdâtre de Mika en train de raconter ses histoires abracadabrantes. Quand il avait raccroché, il avait rejoint tout le monde dans le bureau d'Heinrich. Il ne se sentait vraiment pas bien, la discussion avec son père lui avait laissé l'impression d'avoir été condamné à mort, sa vie future était à l'image d'un sac en plastique rempli des pièces d'un puzzle dépareillé. Mika s'était assise dans un coin, le dos contre la bibliothèque, regardait ses ongles sales avec attention. Heinrich s'était levé et lui avait passé une main dans les cheveux.

– Allez Mika. Raconte-leur.

La fille avait soupiré, d'une poche elle avait tiré une feuille de papier à cigarette, un peu de tabac, un peu d'herbe et elle avait commencé à rouler un joint. Elle avait rigolé une seconde et s'était arrêtée net. Fred s'était demandé si elle allait bien.

– Si je raconte ça c'est parce que c'est bon pour mon français. Parce que si on me croit ou pas je m'en fous.

Elle avait achevé la confection de son joint d'un coup de langue et l'avait allumé. Elle plissa les yeux et se mit à parler :

– Il y a beaucoup de monde mêlé à cette histoire. Plus de monde qu'on croit. Il y a les gens qui en font partie et qui savent tout, les gens qui en font partie mais qui ne savent que certaines choses, les gens qui n'en font pas partie mais qui savent que des gens en font partie et puis… il y a les autres. Comme vous…

– Voilà ce que j'appelle être clair, avait dit Paul qui reprenait peu à peu des couleurs.

– Bon je vais être plus claire. Il y a une conspiration. Une conspiration contre la liberté, contre les humains.

Paul avait émis un rire sarcastique.

– Ben voyons…

Mika avait haussé les épaules.

– Je m'en fous qu'on se foute de moi et je m'en fous qu'on me croie ou pas. J'exerce mon français... Bon, donc il y a une conspiration et si je le sais c'est parce que j'en ai fait partie et avant moi mes parents en faisaient partie...

– OK. Mika, vas-y raconte-nous ta vie. J'adore les histoires, avait dit Paul sans que Mika fasse mine de l'entendre.

– Mes parents avaient été initiés par leurs propres parents. L'hérédité est une des façons de rentrer dans le groupe. Pour que ça soit plus simple, je vais appeler ce groupe les « Illuminati ».

Fred vit Paul lever les yeux au ciel.

– Et les autres façons ? Je veux dire les autres façons de devenir... « Illuminati » ? avait demandé Kristine.

– Si vous êtes à la tête d'un groupe bancaire, si vous êtes important au niveau du pouvoir judiciaire, si vous êtes ministre, si vous contrôlez des ensembles industriels, si vous êtes un acteur de cinéma connu, alors vous avez des chances d'être approché par un agent...

Avant qu'elle ait le temps de continuer, Paul l'avait encore coupée :

– Bon sang, c'est ça que je n'aime pas dans ces histoires. C'est toujours confus. On ne sait jamais qui est qui ni ce qu'ils veulent vraiment, les gens des conspirations !

– Ça suffit ! Maintenant on la laisse parler ou tu sors !

Heinrich s'était levé. Il avait parlé sans hausser le ton mais avec une surprenante autorité. Paul avait haussé un sourcil et s'était tu. Mika avait repris son récit :

– Il a raison. On ne sait jamais très bien qui ils sont. Il y a des gens pour qui il y a des certitudes et d'autres pour qui ce ne sont que des doutes : Walt Disney et Shirley Temple en étaient, ainsi que l'actuel président des États-Unis, le Premier ministre anglais, bon nombre de familles royales, les Hanovre, les Habsbourg. Mais ils sont des milliers et ils sont très, très bien organisés. Si vous ne deviez croire qu'une seule des choses dont je vous parle croyez celle-là : pour organiser, comme ils le font, des élections, des coups d'État, des faillites, pour infléchir l'économie, il faut être vraiment très organisé...

Mika tira une nouvelle bouffée et reprit :

– Ce qu'ils veulent ? C'est très simple, la réponse est écrite noir sur blanc sur tous les dollars qui sortent de la réserve fédérale : *Novus Seculorum*, un nouvel ordre mondial. Voilà ce qu'ils veulent. Et, dans ce nouvel ordre, les gens comme vous et moi n'auront pas grand-chose à faire d'autre que de disparaître.

Mika avait fait tourner son joint. Paul avait tiré et l'avait passé à Kristine.

– Ils ont des méthodes pour nous écouter, pour nous manipuler et pour nous... ramollir le cerveau... Mais c'est ici que ça devient, que ça peut avoir l'air... Dingue...

Elle avait semblé hésiter. Elle s'était tournée vers Heinrich.

– Vas-y ! Continue, il avait dit.

Mika avait haussé les épaules :

– Bon. Quand je vous parlais de Walt Disney c'est parce que lui, et après lui les gros distributeurs comme Touchstone ou Miramax, passent leur temps à truffer leurs films d'images subliminales destinées à, heu… programmer les spectateurs : *Fantasia* n'est qu'un long film destiné à programmer les enfants. Certaines fois les techniciens y vont un peu fort et ça finit par se voir comme la fille nue dans *Bernard et Bianca* ou le mot « sex » qui apparaît dans le *Roi lion*. Toutes ces techniques de programmation ont été mises au point par les médecins d'Auschwitz, à commencer par Mengele, qui travaillaient pour ceux dont je vous parle et qui ont été massivement installés aux États-Unis après la guerre grâce à l'opération « Paper Clip »…

Fred commençait déjà à décrocher. Pour simuler son intérêt, il avait posé une question :

– Paper Clip ?

Kristine lui avait répondu :

– C'est le nom de l'opération par laquelle les services secrets américains ont permis à quelques anciens nazis de quitter l'Allemagne et ont raflé au passage les scientifiques les plus intéressants, du genre Von Braun, celui qui construisait les V2 pour Hitler et qui devint le père du programme spatial américain avec les fusées Saturne et Mercury…

Mika avait hoché la tête :

– Pas mal, il y en a qui connaissent l'histoire…

– Et après ? fit Paul qui était tout d'un coup intéressé.

Mika avait repris.

– Il y a tellement de choses… J'en étais au programme de contrôle mental… C'est la base de tout… Ils ont systématisé ce projet et lui ont donné différents noms, le « projet monarque », la « programmation Delta » ou le projet « MK-Ultra », mon père travaillait sur ce projet, le « Manufacturing Killers Utilizing Lethal Tradecraft Requiring Assassinations »… Timothy McVeigh, le terroriste d'Oklahoma City ou Eric Harris et Dylan Klebold, les deux crétins du lycée de Columbine ou bien encore David Koresh, le timbré de Waco, voilà les quelques ratages du programme de contrôle mental… Tous ces programmes sont amplifiés et relayés par des procédés d'une sophistication que très peu de gens connaissent. Par exemple, je suis certaine que vous n'aviez jamais entendu parler du projet Haarp.

– Effectivement, avait fait Paul.

– Et pourtant il n'est même pas secret, le High Frequency Auroral Active Research Program, des hectares d'antennes au beau milieu de l'Alaska. Elles émettent à très hautes fréquences, ou très basses dans l'ionosphère, ils peuvent choisir… Les possibilités sont… énormes, influencer le climat d'une région donnée, brouiller les communications et… influencer les comportements… Ce projet est soutenu par un second projet, plus secret mais pourtant plus visible encore… les « chemtrails », ça vous dit quelque chose ?

Tout le monde hocha la tête. Mika eut un sourire amer.

– Des avions survolent chaque jour les régions les plus sensibles du globe : l'Europe, l'Amérique du Nord, les régions en guerre… Et lâchent un composé chimique constitué en grande partie de microfibres d'aluminium de manière à former un « cloud seading », une sorte d'écran réflecteur qui augmente sensiblement la puissance de l'émission des ondes...

Mika avait tiré une interminable bouffée sur le joint qui venait de lui revenir.

– Mes parents... J'ai été élevée là-dedans. J'ai suivi les formations, les initiations... Ils voulaient me marier à un type qui avait des responsabilités dans la hiérarchie, un vrai porc, c'est pour ça que je me suis barrée. J'ai vu des trucs que je ne vous raconte même pas, ou que je vous raconterai une autre fois...

– Tu es à bout, Mika. Il faudrait que tu dormes, lui avait dit Heinrich d'une voix douce.

– J'ai travaillé toute la nuit... Tu as raison.

Elle s'était levée en vacillant un peu. Heinrich lui avait souri. Elle était sortie et on avait entendu ses pas traînants descendre les escaliers.

– Voilà, avait dit Heinrich en se tournant vers Paul, tu es convaincu ?

Paul était resté silencieux une seconde avant de répondre :

– Et vous, pourquoi la croyez-vous ?

Heinrich s'était soudain levé en jurant en allemand :

– Sceptique jusqu'au bout. Les chemtrails et les micros-ondes ont déjà fait leur effet sur toi. Tu ne crois plus en rien... Moi je la crois...

– Mais c'est aussi con que... avait essayé de le couper Paul qui commençait à s'énerver.

– Ça suffit ! avait dit Heinrich en prenant une photo sur son bureau. Je la crois parce que j'ai connu ses parents et si j'avais su tout ça sur eux à l'époque je n'en serais pas là !

Paul avait pris la photo qu'il lui tendait à présent. Fred avait tendu le cou pour voir. C'était une très jolie fille blonde qui posait devant un rideau fleuri.

– C'était ma femme ! avait dit Heinrich. Ils l'ont tuée !

– Mais comment… avait commencé Paul.

– Je les ai vus faire ! J'ai tout vu. J'ai pu voir son regard quand elle est morte !

Après ça, Heinrich Müller n'avait plus rien dit. Il avait essayé d'ajouter quelque chose, mais il s'était mis à pleurer. De drôles de pleurs, des petits hoquets aigus et presque pas de larmes. Juste les yeux qui brillent. En même temps qu'il pleurnichait, il avait recommencé à tousser. Une toux qui avait l'air de venir d'une caverne creusée entre ses côtes. Pierre s'était levé, l'avait pris par le bras et l'avait fait se rasseoir. Heinrich avait fait un signe de la main qui avait l'air de vouloir dire qu'il fallait qu'il reste seul. En tout cas c'est Kristine qui avait dit :

– On y va !

Juste avant qu'ils le laissent seul, Paul était allé vers lui et avait mis une main fraternelle sur son épaule :

– Moi aussi, j'ai perdu quelqu'un. Elle s'appelait Carla. C'était une autre guerre.

Heinrich avait hoché la tête. Ils étaient partis. Kristine et Pierre s'étaient engueulés et ils avaient pris le métro. Juste avant d'arriver à leur station, Fred se dit qu'il avait faim, qu'il avait faim d'un truc allemand, un jarret de porc, un truc avec des patates… S'il avait eu plus de fric, il se serait mis à la recherche d'un resto. Personne n'avait l'air de penser à faire des courses et ça le mettait de mauvaise humeur : Paul qui ne disait plus rien, Kristine et Pierre qui boudaient… Merde ! Des mouches revinrent se poser au-dedans de sa tête, la soirée promettait d'être joyeuse.

Plus tard, avec Paul à côté de lui qui avait déjà sombré, il repensa aux larmes du vieil Allemand. C'était déprimant un vieil homme triste qui pleurait sur une vie ratée. Ça déprimait de penser à ça, ça faisait peur, Fred sentait que ça lui pendait au nez d'être un vieux qui pleure tout seul chez lui. C'est en pensant à tout ça qu'il finit par s'endormir.

12
In paradisum

Combien de temps avait passé depuis qu'ils étaient arrivés à la clinique du docteur Heinz ? Trois jours ? Une semaine ? Plus longtemps ? Katerine aurait été incapable de répondre à cette question. Elle savait que des nuits étaient passées depuis le moment où Fabio était parti avec Birger et qu'elle avait alors suivi Rosa pour qu'elle lui montre sa « chambre ». Rosa, Rosa, Rosa, Rosa, Rosa, Rosa… Comme cette jeune fille portait bien son nom. Rosa, Rosa, Rosa, Rosa, Rosa… Ce parfum de cardamome qu'elle avait sur la peau était une balise, un point de rencontre, une marque laissée là par le grand jeu de forces dans lequel s'inscrivait Katerine. Rosa, Rosa, Rosa, Rosa : ses cheveux étaient des vignes blondes, son visage était une perle sauvage, dans ses yeux semblaient se refléter les ombres de la Forêt-Noire, sa bouche c'étaient deux pièces de soie. Rosa, Rosa, Rosa, Rosa…

Katerine aimait se souvenir de leur première journée. Rosa lui avait expliqué comment fonctionnaient la douche, la télévision et le minibar. Sa voix aurait pu chanter des lieder, Katerine en avait la tête qui tournait : elle était attirée par une fille. Elle était attirée par une fille, elle qui n'avait jamais aimé que les hommes. Sans doute à une autre époque, pareille découverte l'aurait-elle fermée à elle-même, elle se serait crispée, elle aurait refoulé tout ça dans un cloaque de l'inconscient. Aujourd'hui, elle se sentait belle, hypersexy, en pleine possession de ses moyens, en parfaite harmonie avec les forces cachées de l'univers. Aujourd'hui ce désir, elle l'acceptait comme un cadeau.

Le premier jour, Katerine avait dit à Rosa qu'elle ne comprenait pas vraiment en quoi sa présence était nécessaire pour le traitement de Fabio. C'était la fin de l'après-midi, dans le ciel du noir et du rouge se mélangeaient donnant au crépuscule les couleurs d'un conte de Grimm. Rosa avait dit qu'elle comprenait la question de Katerine mais qu'elle n'était pas aussi qualifiée que le docteur Heinz pour lui répondre. Tout ce qu'elle savait, en tant qu'assistante, c'était que le traitement dissociatif de l'éjaculation précoce nécessitait la présence de l'homme comme de la femme pour certains « exercices ». Katerine aurait bien voulu demander en quoi allaient consister ces « exercices », mais le trouble que provoquait en elle la présence de Rosa la rendait étonnamment réservée, presque timide.

Un soir, les deux filles avaient dîné ensemble dans le réfectoire à moitié désert de la clinique. À l'autre bout de la grande salle carrelée et violemment éclairée au néon, Katerine avait vu Fabio en compagnie de Birger. Il lui avait fait un peu peur, ce Birger.

Trop grand, trop beau, et trop balèze. Fabio avait l'air si... petit à côté de lui. Elle n'était pas parvenue à entendre ce qu'ils se disaient, mais à leurs têtes, ils avaient l'air de parler de quelque chose de terriblement sérieux. Birger agitait son doigt en l'air, Fabio hochait la tête. À un moment, il avait croisé le regard de Katerine, il avait esquissé un sourire en faisant un petit signe de la main. Birger s'était retourné, il avait vu Katerine, il avait froncé les sourcils et il avait repris le fil de son discours. Quelques rares tables étaient occupées par d'autres couples : un couple âgé prenait un café en silence. Plus loin, un homme âgé et une jeune fille, sa fille peut-être, semblaient hésiter devant un menu pourtant simple.

Les jours passèrent donc, doux et roses, pareils à des flocons de sucre. Rosa lui expliqua qu'il fallait qu'elle se détende, qu'elle se relaxe et que c'était cette détente qui allait être sa « meilleure alliée » au « moment de la dissociation ».

Katerine, en rougissant, finit par offrir à Rosa le tee-shirt Agnès b. et Rosa la remercia en lui disant qu'elle « l'adorait ». Rosa la questionna sur ses goûts, sur ses envies de shopping, sur ce qu'elle aimait lire, sur les films qu'elle aimait. Plusieurs fois, Katerine eut envie de se confier et de parler à Rosa de son rôle d'intermédiaire cosmotellurique et des pouvoirs qui en étaient les corollaires. De nouveau cependant, cette timidité inattendue, cette pudeur adolescente mêlant sentiment de culpabilité et peur de déplaire, l'avait retenue et elle n'avait rien dit.

De son côté, Rosa se confiait un peu. Un soir où elles étaient toutes les deux allongées sur le lit de

Katerine avec le dvd de *Nuits blanches à Seattle* passant sur le téléviseur, quelques « Knacki » Herta dans le fond d'une assiette sur la table basse, Rosa lui parla de ses parents. Sa mère, disait-elle, était originaire de Lodz, en Pologne. Elle était arrivée en Allemagne de l'Est au crépuscule du communisme pour y faire un stage de patinage artistique. Elle était très jeune, quinze ans, pas plus. Elle y avait rencontré un jeune homme, très beau, très sérieux, qui était passé d'un emploi de maçon à un bureau dans les locaux de la Stasi, la police de l'ancienne RDA, simplement parce qu'il était brillant et paranoïaque et que c'était le genre de profil qui permettait, à l'époque, de faire carrière.

En racontant tout ça, Rosa regardait l'assiette de saucisses avec mélancolie. Sa mère ne mourut pas, elle ne partit pas non plus. Elle disparut, simplement. Rosa avait quatre ans et l'hiver allemand avait gelé ses larmes de petite fille. Elle se souvenait de l'agitation et du désespoir de son père, de leur appartement minuscule, de l'odeur du mazout, des robes de sa mère qui restaient, comme des fantômes, dans l'armoire de la chambre. Sa douleur ne disparut pas, elle se modifia pour devenir comme un os un peu gênant au niveau du cœur avec lequel elle dut apprendre à vivre. À cette époque, son père fut de plus en plus absent, il dormait peu, elle se souvenait qu'une flamme de rage et de folie s'était allumée dans son regard, il n'allait plus à son travail, dans les bureaux de la Stasi et il avait fini par quitter la police pour redevenir maçon. Ça lui attira des ennuis, on ne pouvait pas quitter la police comme ça, des types rôdaient autour de chez eux, questionnaient les voisins. Même elle, Rosa, on se mit à la suivre, jusqu'à l'école. Un jour, une voiture s'était arrêtée et deux hommes en étaient sortis pour fouiller son cartable. C'était suite à cet épisode que son père était entré dans la clandestinité. Une période étrange, terriblement angoissante, où ils vivaient tous les deux dans une imprimerie semi-illégale. Son père n'arrêtait pas d'écrire. Des lettres dans une langue que Rosa identifia plus tard comme étant de l'anglais. Il en recevait aussi, des lettres, on les lui déposait à l'imprimerie. Elle se souvint que son père lui avait dit qu'il allait se « passer des choses », et puis le Mur avait fini par tomber. Ç'avait été une fête incroyable, Rosa avait vu sourire son père et l'avait trouvé incroyablement beau. Mais quelque chose se passa, elle ne savait pas quoi. Le soir, elle entendait son père se fâcher au téléphone, il parlait en anglais, il était de moins en moins là et lorsqu'il était là c'était toujours avec d'autres gens, des Allemands cette fois, plus jeunes, barbus et chevelus. Pour une petite fille, ça devenait intenable, son père la confia à des cousins d'amis, « très gentils », et il retomba dans la clandestinité, lui rendant visite une fois ou deux par mois pour l'emmener manger une glace ou faire une visite au zoo.

–Je ne comprenais pas grand-chose à tout ce qu'il se passait. J'étais chez des gens adorables qui s'occupaient de moi comme si j'étais leur propre fille, j'allais à l'école, j'avais des amis, j'avais de bonnes notes, mais j'avais cet os dans le cœur, cette disparition… C'est pire que tout une disparition… Une mort, ça va encore, la mort, c'est quelque chose qui a un nom.

Un départ, un abandon... Ça aussi ça a un nom... Mais une disparition c'est comme un trou... Et puis mon père que je voyais si rarement c'était comme si... Comme s'il disparaissait aussi. Tu comprends ?

Katerine hocha la tête. À la télévision, Tom Hanks rencontrait Meg Ryan au sommet de l'Empire State Building, ça sentait le baiser à dix kilomètres. Sur le lit, le corps de Rosa faisait une courbe de sirène alanguie sur un banc de sable. Elle remarqua le regard de Katerine et sourit :

– Toi aussi, tu as envie de me raconter des choses, n'est-ce pas ?

Katerine sentit qu'elle rougissait, elle hésita une fraction de seconde, un peu perdue. Voyant son trouble Rosa tendit la main et lui caressa la joue.

– Qu'y a-t-il, belle Katerine ? Tu veux dire quelque chose ? Tu as un secret ?

Katerine eut l'impression que la terre s'ouvrait en dessous d'elle et qu'elle tombait. Elle se pencha un peu, si près du visage lumineux de Rosa qu'elle pouvait sentir sa chaleur. Katerine posa un délicat baiser sur la bouche de Rosa. Elle goûta d'abord le sel des Knackis, puis lorsque la langue de Rosa effleura la sienne, ce fut le sucre d'une salive faite de miel et de fleurs.

13

In tenebris

Après ce baiser, Rosa avait laissé Katerine, brûlante, ivre, presque hagarde, sur son lit, avec le logo du dvd Pioneer qui flottait sur l'écran de télévision. Il semblait à Katerine que rien n'avait été dit. Le silence et puis le départ de Rosa qui avait suivi ce baiser, c'était pour elle l'expérience ultime du chaos mental. Elle ne dormit pas, ou très peu, par bribes. Elle avait essayé de regarder un peu la télévision mais, à l'exception d'Euronews qui passait en boucle des images d'hélicoptères Apache bombardant un village moyen-oriental, la plupart des chaînes diffusaient des téléfilms érotiques qui achevèrent de semer le trouble dans son esprit.

Elle finit par s'endormir à l'aube, au moment où tout autour de la clinique Heinz s'élevait la rumeur de la ville au réveil. La sonnerie du téléphone déchira un rêve absurde. Ses yeux refusaient de faire la mise au point, elle décrocha à tâtons :

– Oui ?

– C'est Rosa. Je te réveille ?

Katerine se redressa. Un demi-litre d'adrénaline venait de lui arriver dans le système nerveux.

– Non, non. Heu…

– Il faudrait que tu sois prête rapidement. Le docteur Heinz voudrait te voir dans un quart d'heure. Je crois qu'il pense que ton mari est prêt pour la dissociation…

– Oui… Dans un quart d'heure.

– Très bien. À tout de suite.

Rosa raccrocha, Katerine était perdue, elle avait l'impression de ne plus rien comprendre aux êtres humains ou bien de participer à un jeu dont les règles la dépassaient complètement. Ou alors, peut-être que Rosa se fichait complètement d'elle. C'était la pire des hypothèses. Une image de petit chien perdu dans la forêt apparut dans son esprit. L'indifférence, le plus court chemin vers la mort. Assise au bord de son lit, Katerine fut prise par la furieuse envie de se recoucher et de laisser à Rosa, Birger, le docteur Heinz et Fabio le soin de « dissocier » entre eux, qu'est-ce qu'elle en avait à foutre, après tout, des éjaculations de son mari.

– Mon Dieu, se dit-elle. J'aime tellement Rosa. Ça pourrait me rendre folle.

Elle se mordit le dos de la main. Elle ne devait pas se laisser aller. Il est parfaitement impossible d'aimer une épave qui se traîne à vos pieds. Elle ne voulait pas devenir une épave.

– Ça va aller, ça va aller, se dit-elle en se relevant.

Elle prit une douche rapide qui lui permit de faire en partie le vide dans son esprit. Elle quitta la chambre et traversa les couloirs déserts de la clinique Heinz jusqu'au bureau du docteur.

Quand elle arriva, tout le monde était déjà là et attendait en silence : Birger, plus sculptural que jamais, tout en angles droits. Assis près de lui Fabio, un peu pâle. Le docteur Heinz feuilletait un épais dossier sous l'œil attentif de Rosa. Dès qu'il la vit, le visage de Fabio s'éclaira, pareil à celui d'un enfant qu'on vient chercher à la garderie avec un peu de retard. Il ne se leva pas et ne dit rien, comme s'il avait reçu des instructions. Birger s'approcha de Katerine :

– Il vaut mieux que vous ne vous parliez pas pour l'instant.

– Mais… C'est…

– Faites-nous confiance, dit Birger en retournant vers Fabio et laissant Katerine isolée dans le grand bureau. Une longue minute passa avant que le docteur ne lève la tête :

– Bien, tout le monde est là. Je propose que Birger accompagne monsieur Liberi. Nous allons vous rejoindre.

Birger donna une tape sur l'épaule de Fabio qui se leva et quitta la pièce en regardant ses chaussures. Katerine resta seule avec le docteur et Rosa. Malgré ses efforts, elle n'arrivait pas à détacher ses yeux de la jeune femme qu'elle avait embrassée la veille. Cette beauté ouatée, cette blondeur d'enfant, ce visage qui aurait fait perdre la raison à Léonard de Vinci…

– Ce qui va se passer maintenant est extrêmement important. C'est un moment décisif du traitement pour lequel votre présence est importante mais lors duquel je vous demanderai de ne pas intervenir. Surtout pas. Nous sommes bien d'accord ?

– Oui, bien entendu. Mais que va-t-il se passer ?

Le docteur se leva, en tendant les dossiers à Rosa :

– Suivez-moi. Je vous expliquerai en chemin.

Ils quittèrent le bureau et passèrent par une porte coupe-feu qui donnait sur un escalier en béton. Tout en montant, Katerine observait le docteur du coin de l'œil, toujours aussi soigné, toujours aussi verni. De près, on voyait qu'un léger duvet gris recouvrait son crâne chauve. Il lui parlait avec la voix un peu tendue de quelqu'un qui se concentre avant une opération délicate :

– On croit souvent que chez les animaux, le sexe ne sert qu'à se reproduire... C'est entièrement faux. Il y a des viols à peu près chez toutes les espèces sexuées et le sexe, comme chez l'homme, est souvent lié à des enjeux de pouvoir. Donc à l'agressivité et à la mort. Vous comprenez ?

Katerine fronça les sourcils.

– Oui, mais je ne vois pas le rapport avec les problèmes de Fabio.

– Bien sûr...

Il hocha la tête.

Arrivé en haut de la volée d'escaliers, le docteur ouvrit une nouvelle porte coupe-feu. Ils entrèrent dans une pièce sombre. Dans le fond, trois fenêtres étaient occultées par d'épaisses tentures.

– Ce que je veux dire, c'est qu'il faut parfois accepter que notre âme soit un lieu de passage pour des pulsions de toutes sortes. C'est normal, nous sommes vivants, nous partageons ça avec les grands singes, avec les fauves, avec les chiens, avec les insectes... La plupart de ces pulsions sont parfaitement inoffensives, elles passent comme des petits poissons d'argent dans une rivière d'eau trouble, ce sont comme des éclairs que l'on s'empresse de chasser alors qu'elles nous renseignent sur ce que nous sommes et sur ce que nous voulons. À force, notre rivière se vide de sa richesse. Nous perdons notre raison d'être... Connaissez-vous les travaux de Magnus Hirschfeld ?

Katerine s'assit dans un fauteuil. Ce docteur commençait à l'énerver avec ces discours complètement hermétiques. Et Rosa ! Merde ! Elle restait là, à ne rien dire.

Quelle... salope ! pensa Katerine. Puis elle ajouta à voix haute :

– Je ne comprends rien à ce que vous racontez et je ne connais pas ce Magnus Hirschfeld.

– Hirschfeld est le père de la sexologie moderne. Au début du XXe siècle, c'est le premier à avoir posé un regard apaisé sur les relations sexuelles. Il a ouvert le premier centre de sexologie, ici, à Berlin et il a créé le premier périodique traitant du sujet : *Jahrbuch für sexuelle Zwischenstufen.* Un grand homme ! En 1926, il organise le premier congrès de sexologie : l'International Congress for sex Research et en 1928 il crée sa « Ligue mondiale pour la réforme sexuelle ». Il a beaucoup réfléchi, beaucoup écrit, une belle taxinomie positiviste à l'origine du behaviorisme endocrinologique et de la dépathologisation de comportements aussi communs que l'homosexualité...

Si vous lisiez l'allemand, je vous prêterais mon exemplaire de *Die Transvestiten* qu'il a publié en 1910…

– Écoutez, je ne comprends rien. Je ne vois pas l'intérêt de votre cours de… médecine.

– En effet, excusez-moi. Si vous êtes ici c'est pour que vous puissiez regarder. À vous aussi ça fera du bien.

Le docteur s'approcha d'une fenêtre et en écarta les tentures. De l'autre côté d'une épaisse vitre se trouvait ce qui avait toutes les apparences d'une salle d'opération : une énorme lampe circulaire diffusant une lumière froide surplombait une table recouverte d'un plastique vert foncé. Les murs étaient blancs et nus. Il fallut plusieurs secondes à Katerine pour arriver à croire ce qu'elle voyait. Ce qu'elle voyait était tout simplement trop inattendu pour que les connexions s'établissent dans son cerveau. Fabio était assis sur la table d'opération. Birger était derrière lui et lui massait les épaules. Les lèvres de Birger bougeaient, comme s'il disait des choses, mais de là où elle se trouvait, derrière le verre épais, Katerine ne pouvait rien entendre.

– Il aide votre mari à se détendre, dit le médecin.

– Mais ils sont… nus ! fit Katerine en prenant soudain conscience de ce qu'elle était en train de regarder.

– Bien entendu. Et, dans une dizaine de minutes, ils feront l'amour.

Katerine regarda le docteur avec la certitude qu'il venait de perdre la raison. Rosa s'était rapprochée d'elle.

– C'est normal que tu sois surprise, ça perturbe ton éducation, ton sens des valeurs, du couple, du sexe et tout ça. Mais c'est ça la dissociation. Tu verras comme ça marche bien.

Katerine sentit la main de Rosa serrer la sienne, elle tressaillit. Elle sentit que des choses qui étaient collées en elle depuis toujours se mettaient à flotter dans son éther intérieur avec la légèreté de papillons exotiques. Elle se laissa submerger par une grande vague tiède et laissa ses doigts se mêler à ceux de la jeune femme.

Dans la salle d'opération, Birger se pencha et posa un baiser sur l'épaule de Fabio, qui restait comme tétanisé. Katerine aurait voulu fermer les yeux, mais elle n'y parvint pas, fascinée par les caresses de l'Allemand sur le corps de son mari.

Troisième partie

1
L'usure d'un couple

Après quelques jours, Mika avait repris contact avec eux. On était à moins d'une semaine de la manif, la météo avait des allures de marée noire sur la mer de Barents. Une vague clarté marécageuse s'installait entre onze et quinze heures. En dehors de ces moments, il faisait sombre. Les phares des voitures et les vitrines des magasins fournissaient l'essentiel des photons éclairant Berlin. Devant ce spectacle de désolation climatique, Pierre avait déclaré que ça ne l'étonnait pas que le mouvement expressionniste soit apparu en Allemagne. Kristine l'avait engueulé en disant que si l'expressionnisme était apparu c'était en réaction aux horreurs de la Première Guerre mondiale et en préfiguration de celles de la seconde. Pierre avait essayé d'argumenter en disant qu'il ne fallait pas toujours essayer de lier l'apparition des mouvements artistiques au contexte sociopolitique, mais Kristine lui avait dit qu'il n'avait qu'à revoir le *Nosferatu* de Murnau et revenir après lui soutenir sans rigoler qu'il ne s'agissait pas d'une des plus belles intuitions sur ce qu'allait être la nature profonde du nazisme. Pierre n'avait plus rien dit. Il avait passé une demi-journée dans la chambre, prétextant une réaction allergique à un produit de nettoyage.

Mika devait arriver avec deux caméras vidéo que leur prêtait Heinrich pour qu'ils puissent filmer les éventuelles violences policières de la manifestation. En l'attendant, tout le monde glandait, tout le monde s'emmerdait. Paul regardait du billard sur Eurosport et Kristine relisait de vieux numéros du *Monde diplomatique* en soulignant de temps en temps un passage qui lui paraissait intéressant.

Fred s'était un peu inquiété pour Pierre, il avait encore en tête l'épouvantable crise qui avait suivi les saucisses sauce tomate et il sentait qu'il ne pourrait pas affronter ça une deuxième fois. Il était allé voir Pierre et l'avait trouvé sur le lit, en caleçon, en train de pianoter sur son portable. Sur son flanc, un minuscule filet de bave s'échappait de la bouche fossile. Elle était fermée. Fred pensa qu'elle avait l'air de dormir mais que c'était dégueulasse quand même. Pierre vit son regard et remonta le drap jusqu'à sa poitrine.

– Ça va ? demanda Fred en indiquant son ventre, là où il imaginait que se traduisaient les souffrances de la réaction allergique de Pierre au produit de nettoyage.

– Ça va. Ça passe. J'en profite pour travailler un peu. Au calme.

Fred imagina que par « au calme », il voulait dire « loin de Kristine ».

– Elle est sur les nerfs, dit Fred. Avec tous ces trucs à organiser...

– On est tous sur les nerfs. Le monde entier est sur les nerfs. Regarde ici !

Il tourna l'écran du portable vers Fred. C'était la page d'accueil du site d'Indymedia France.

– Une manif anti-Poutine au Danemark. Il y avait une visite officielle et une centaine de manifestants s'étaient postés pas loin de l'hôtel où un ministre russe avait pris une chambre. Une manifestation non agressive. Pas de casse, juste quelques sifflets et des pancartes dénonçant la guerre en Tchétchénie et la destruction de la toundra sibérienne par l'exploitation du pétrole et du gaz. Et tu sais quoi ?

– Non.

– La police, la police danoise, la police d'un État « démocratique » leur est rentrée dedans. Ils ont balancé du gaz CS, comme ça, sans sommation, et des grenades et une espèce de merde qui explose en balançant des balles de caoutchouc dans tous les sens. Les mecs de la police appellent ça un « dispositif balistique de dispersion ». Tout leur vocabulaire d'armes à « létalité réduite » ça me fait marrer.

– Au moins on ne tire plus dans la foule, dit Fred qui n'avait pas envie que Pierre lui fasse un long discours. Il était juste venu voir comment ça allait, mais Pierre fronça les sourcils.

– Tu parles ! Ça permet de contourner toutes les législations internationales ! C'est une vraie merde et ça tue plus que les balles ! Tu ne te souviens pas de l'opération de la police russe dans un théâtre de Moscou, pendant la prise d'otages ? Il y a eu cent vingt-neuf morts... À Copenhague, un type a perdu un œil et une fille peut dire adieu à son foie. Ça c'est le gaz CS. Tu verras, si tu crois qu'ils vont se priver de s'en servir ici. Et si tu crois qu'ils vont éviter de se servir des autres trucs...

– Quels autres trucs ? demanda Fred, qui n'avait jamais envisagé que sa participation à une manif altermondialiste puisse être dangereuse.

– Écoute, mon vieux. Tu te rends compte qu'on les fait complètement flipper, qu'on représente la plus grande menace que le libéralisme ait connue depuis 1917. Tout le monde est en train de s'allier contre eux, les sidérurgistes, les étudiants, les mouvements féministes, les éleveurs, les agriculteurs, les ONG, les petits radicaux paumés, des ménagères qui en ont marre de donner du bœuf aux antibiotiques à leurs gosses... On est forts parce qu'on ne veut pas le pouvoir et parce qu'on est hétérogènes. Ils n'ont pas de leader à acheter, on est pires que tout pour eux, comme un cancer...

– Et tu penses que ça va être dangereux, alors ? redemanda Fred, qui ne voyait pas où Pierre voulait en venir.

– Le cancer, quand tu l'attrapes, c'est lui ou toi. Les gens sont prêts à se couper un morceau pour ne pas qu'il se développe. Pour nous c'est la même chose. Ils feront tout... Tout sans perdre la face, c'est pour ça qu'ils vont faire croire qu'ils emploient des armes qui ne tuent pas. Et le gaz CS ça ne va pas être le pire. Ça fait des mois que des types développent des black programmes dont on cache le budget derrière celui de l'achat de matériel d'épandage pour la Californie. Ils ont testé toute sorte de trucs sur les prisonniers de Guantanamo ou ceux de la base de Kaneohe Bay. Des lasers, des armes sonores, des micro-ondes… Je suis certain que maintenant ce sera nous les cobayes. Il faudra montrer tout ça… Si les gens voient ça, si les gens voient les manifestants en train de se tordre par terre, les yeux en sang, ça les fera réfléchir sur la véritable nature de la société…

Il fut coupé par la voix de Kristine qui l'appelait depuis le salon.

– Pierre, Mika est là. Elle va expliquer comment marchent les caméras.

Il leva les yeux au ciel.

– Vas-y. Dis que j'arrive.

Fred retourna dans le salon, la tête chargée d'images où il se voyait déjà en train de vomir ses poumons sur un trottoir allemand. Il vit que Mika avait mis une minijupe en cuir. Contre toute attente, il se mit à bander.

Pierre était arrivé peu de temps après lui, il avait passé un jean et un pull en laine qu'il portait à même la peau. Rien qu'à le voir, Fred avait des démangeaisons. Avec un air de spécialiste qui s'en fout, Mika avait expliqué comment marchaient les caméras, deux petits engins minuscules, elle avait expliqué les batteries, la connexion firewire, avait demandé à Pierre s'il était sous Windows ou sous OS X. Fred se demandait comment il avait fait pour ne pas voir plus tôt à quel point elle était bien roulée. Un visage pas terrible, peut-être à cause du manque de sommeil et de tous les pétards qu'elle devait fumer avec Heinrich, mais un corps d'enfer. Un petit corps d'ado qui avait l'air d'être aussi ferme qu'une balle de tennis. Du coup, Fred se tenait juste à côté d'elle pendant ses explications, il pouvait sentir sa chaleur et son odeur d'herbe et de transpiration. Il avait essayé de plaisanter, il avait dit que « s'ils travaillaient bien, ils pourraient envoyer une copie du film à Cannes ». Ce n'était pas très drôle, personne n'avait relevé. Sauf Mika qui avait dit « mais oui, c'est ça » en haussant les épaules. Fred se demanda si elle se faisait sauter par Heinrich et il conclut que c'était probable.

Le soir arriva en silence, aussi noir et glacé qu'un U-Boot. Mika, qui avait terminé ses explications, s'incrustait. Elle avait pris les quelques bières qui restaient dans le frigo et les avait descendues avec désinvolture. Elle était un peu bourrée et ne s'arrêtait plus de parler.

– Aujourd'hui ! Aujourd'hui il faut cesser de vous servir de vos téléphones portables. Ils vous trouvent sans problèmes avec vos téléphones portables. Et les billets de banque contiennent des puces électroniques qui peuvent aussi vous faire repérer. La seule solution, c'est de les mettre dans du papier aluminium…

Kristine n'écoutait plus et était retournée à son *Monde diplomatique*, Pierre était dans la chambre. Paul s'était endormi devant Eurosport. Il ne restait que Fred et elle sous la lumière verdâtre de la cuisine. Fred avait très envie de toucher le visage de Mika, ça le rendait nerveux, il sentait qu'il avait la bouche sèche et qu'il n'écoutait absolument pas ce qu'elle lui racontait. Elle continuait malgré tout.

– Je me rends compte que c'est dingue. Je me rends compte que pour des gens comme toi, ça doit être difficile à croire. Mais il y a tellement de preuves…

Elle s'était arrêtée, avait paru réfléchir puis s'était levée et était venue se planter devant Fred. Avait à moitié abaissé sa jupe en cuir. En dessous elle portait une petite culotte mauve, qu'elle abaissa partiellement aussi, jusqu'à la naissance des poils pubiens.

– Regarde ! elle avait dit.

Fred regardait. Un ventre lisse et rose, quelques poils à l'implantation anarchique.

– Tu vois, c'est pas une preuve ça ? dit-elle en indiquant sous les poils une petite cicatrice rosée.

Fred ne savait pas de quoi elle parlait. Il savait qu'il rebandait et qu'il avait envie de fourrer son nez dans les poils.

– Ils appellent ça de la chirurgie occulte, ils font ça à tous les enfants illuminati pour leur septième anniversaire. Ils t'ouvrent le pubis et te glissent une pierre, un petit morceau de cristal censé te protéger des microfibres d'aluminium des chemtrails. Ils glissent le cristal à mi-chemin de la crête iliaque, qui est le point de passage de l'énergie vitale entre le bas et le haut du corps, et du sacrum. Le sacrum, l'os sacré que les anciens offraient aux dieux quand ils sacrifiaient des animaux et que les chirurgiens illuminati considèrent comme l'interface entre le monde matériel et le monde spirituel. Ces salauds te font ça à vif, pour que tu sentes bien l'énergie de la pierre se connecter sur ton système nerveux. Merde ! T'as sept ans et tes parents te conduisent à une séance de torture ! Est-ce que tu imagines que j'aurais envie d'inventer ça ? Est-ce que tu crois que j'aurais envie de me faire des cicatrices ? Est-ce que tu ne crois pas que j'aurais envie d'être une fille comme les autres sans un passé de merde qui me collera jusqu'à la fin ?

Sur la fin, à cause de l'émotion, son accent allemand avait repris le dessus et Fred avait compris quelque chose comme « Son und pass dé mer gi mé khôle et rat jusal éfin ». Il fallut une seconde pour que son cerveau décrypte le message et que son instinct lui suggère que la jeune fille en minijupe noire qui lui montrait ses poils pubiens avait sans doute besoin d'être consolée. Fred tendit les bras, l'attira vers lui et posa un baiser sur le bas-ventre blessé par la chirurgie occulte des Illuminati. La fille poussa un petit cri, comme un hamster qu'on aurait brûlé avec un allume-cigare et elle recula en remontant sa jupe.

– Mais ça va pas non ? Je te raconte des trucs hyper importants et toi t'as presque ta bite en main. T'as rien compris à notre combat, alors ?

Fred était tétanisé. Les mouches de dedans sa tête se remirent à voler et à vrombir de la pire des façons. Un ouragan de mouches qui faillit le faire tomber de sa chaise. Mika vida le fond tiède d'une canette, puis elle enfila la veste de ski qu'elle avait jetée dans un coin en arrivant et partit en hochant la tête avec l'air de ne pas en revenir devant tant de connerie humaine. Fred resta figé un moment. L'idée de se jeter par la fenêtre le traversa d'une manière bruyante et lumineuse, comme un train dans la nuit. Puis cette idée s'éloigna et il se dit qu'avec un peu de chance, il mourrait en héros pendant la manifestation.

Cette idée s'éloigna comme l'avait fait son idée de suicide, le laissant seul avec la certitude qu'il ne baiserait plus jamais de toute sa vie.

2

Tout pour l'amour

Katerine a quitté la clinique Heinz depuis plus d'une semaine et elle est partie attendre Fabio dans la chambre du Westin Grand qu'ils occupaient à leur arrivée à Berlin. Une belle chambre avec vue sur la ville, minibar, oreillers hypoallergéniques, room service, connexion wifi pour les ordinateurs et salle de bains en chrome et marbre. L'endroit est bien situé, à l'angle de Friedrichstrasse et d'Unter den Linden. Katerine pourrait, si l'envie lui prenait, être en moins de deux minutes dans les plus beaux magasins de la ville. Mais Katerine n'en a pas envie. Elle n'a envie de rien. Dans sa tête, c'est un beau bordel. Pourquoi Fabio ne lui téléphone pas ? Que peut-il encore bien foutre à la clinique Heinz alors que selon les propres paroles du docteur Heinz, la « dissociation » a eu lieu ? Y a-t-il une histoire avec Birger ? Merde, Fabio s'est fait sodomiser par ce type ! Sous ses yeux ! Il y a peut-être pris goût ! Il n'ose peut-être pas le lui dire... D'autres questions se bousculent dans l'esprit en bordel de Katerine : pourquoi ne veut-elle pas vraiment revoir Fabio ? C'est une question grave, ça. Ils sont mariés après tout. Elle devrait avoir envie de le revoir. Même un peu... Mais non... Elle est juste un peu curieuse, comme lorsque au bord d'un chemin de campagne, on croise le cadavre d'un insecte étrange et que l'on s'arrête une seconde pour le regarder.

Un vrai bordel dans la tête de Katerine, pour l'instant allongée complètement à poil sur son lit hypoallergénique de l'hôtel Westin Grand alors qu'il est une heure de l'après-midi. Ça fait des heures qu'elle a les yeux fixés sur le blanc immaculé du plafond. Une seule chose l'intéresse vraiment, une image qui lui flotte dans le cœur avec l'obstination d'un bouchon en liège : Rosa.

Katerine repense à sa dernière journée à la clinique Heinz et estime que c'est lors de cette journée que le bordel s'est installé dans son esprit. Plus précisément, que c'est lors de cette journée que le bordel s'est réinstallé et qu'elle s'est retrouvée aussi perdue qu'avant le départ : quand elle avait l'impression d'être enceinte, quand elle ne supportait plus l'odeur de la cardamome, quand elle avait trop chaud, quand elle avait découvert ce qu'elle savait faire avec les objets qui l'entouraient. Katerine à l'esprit en bordel revoit les images de la dissociation de son mari et sent, comme si elle y était encore, la chaleur de la main de Rosa dans la sienne. Elle se souvient de ce qui s'est passé. Comment elle s'est sentie proche de l'état de choc, comment Rosa l'a raccompagnée à sa chambre et lui a dit qu'à présent tout irait mieux, que c'était normal de vivre la dissociation comme une rupture brutale avec le sens commun... Katerine se souvient d'avoir longuement pleuré sur son lit. Rosa l'avait serrée contre elle et lui avait tout aussi longuement caressé les cheveux en lui disant : « Chhhh, chhhhh, ça va aller. Pleure... ça fait du bien... » Katerine se souvient d'avoir tourné son visage vers celui de Rosa, elle se souvient de l'avoir trouvée infiniment belle et de l'avoir embrassée longuement. Rosa s'était laissé faire. Même lorsque Katerine lui avait caressé les seins, sous son pull en cashmere et laine d'agneau, elle s'était laissé faire. Elle se souvient qu'elles avaient fini par s'endormir, enlacées et elle se souvient de s'être réveillée alors que Rosa dormait encore, qu'elle l'avait regardée et qu'elle avait essayé d'imaginer combien son enfance avait dû être triste. Perdre sa mère, vivre dans la clandestinité avec son père. La gorge de Katerine s'était serrée, elle avait envie de la rendre heureuse. Elle se souvient qu'elle s'en était sentie capable et qu'en l'espace de quelques secondes une série d'images de bonheur à deux lui étaient passées devant les yeux, rappelant par leur couleur une publicité pour la maison de Barbie : Rosa et Katerine à la pêche, au crépuscule, sur un lac américain, Rosa et Katerine skiant aux Arcs, Rosa et Katerine devant la cheminée du chalet, champagne, collier de perles, Rosa et Katerine regardant Los Angeles depuis la baie vitrée de leur appartement.

Puis Rosa s'était réveillée. Elle lui avait souri et lui avait appelé un taxi pour l'accompagner à l'hôtel. Ici même où elle avait l'impression de devenir dingue depuis une semaine. Elle était tellement certaine de l'amour qu'elles se portaient l'une à l'autre qu'elle n'avait même pas demandé à Rosa de lui téléphoner, qu'elle n'avait même pas dit qu'elle lui téléphonerait, qu'elle était certaine qu'elles allaient se retrouver le soir même et qu'elles seraient heureuses. Pour toujours.

Il y avait une semaine de ça. Personne n'avait téléphoné. Ni Rosa, ni Fabio. En une semaine, Katerine s'était traitée un bon million de fois de conne. Se traiter de conne en regardant le plafond c'était très mauvais pour elle. Elle sentait bien que tous les trucs bizarres avaient recommencé. Mal au ventre, les seins lourds, l'impression d'avoir trop chaud. Elle avait bien essayé de téléphoner elle-même à la clinique Heinz, mais ni l'employé qu'elle avait eu au téléphone ni le docteur Heinz à qui elle avait exigé de parler, ne lui avaient donné les coordonnées de Rosa. Le médecin s'était obstiné à faire des phrases où le mot « déontologie » paraissait surligné en rouge. Avant de lui raccrocher au nez, il avait précisé que Rosa était en vacances pour « quelques mois » et qu'il était « inutile de passer à la clinique ».

Katerine regarde donc le plafond avec tout ce bordel dans la tête et l'impression tenace d'être un jouet abandonné par un enfant capricieux, quand il lui apparaît quelque chose d'absolument évident : elle va retrouver Rosa. N'importe comment, elle va la retrouver. Elle arrête de regarder le plafond, elle se redresse sur son lit. Elle va la retrouver et facilement, ce qui se passe en elle depuis des mois va enfin lui servir à quelque chose.

Katerine exhume son Filofax Vuitton du fond de son sac et elle se livre à un exercice inédit pour elle :

essayer de comprendre en quoi tous ces petits bouts de papier peuvent bien lui être utile. Elle commande une salade au room service et commence à faire le tri. Cinq ans de notes, de pages découpées dans le *Elle* sur la numérologie chinoise, d'articles du *Cosmo* sur l'alimentation des druides, de pages photocopiées dans les livres qu'elle a empruntés à la bibliothèque. Elle qui n'a jamais réussi à se concentrer plus d'une minute sur le cours de macroéconomie, mobilise toutes les ressources de son intelligence et essaye d'être méthodique : elle trouve du papier à lettres gaufré aux armes du Westin Grand et prend des notes. Elle avale sa salade sans s'en apercevoir. Dehors il fait nuit, le triple vitrage ne laisse pas passer le moindre bruit. Elle est comme dans un aquarium.

Vers onze heures, elle entrevoit une solution, vers une heure du matin elle conclut qu'il va falloir utiliser une solution mixte. Puis, vers trois heures, la tête lourde mais l'esprit en feu, Katerine a établi les différentes étapes du processus qui va lui permettre de retrouver Rosa. Il va lui falloir du matériel : des cierges bénis, de la craie, une latte, un mètre ruban, différentes herbes dont une mystérieuse « verge de pasteur », du froment, de la pervenche, une poule noire n'ayant jamais pondu et une pomme.

Ça ne va pas être simple. L'état de fatigue dans lequel elle se trouve lui donne même l'impression vague que ce sera impossible, en particulier en ce qui concerne la poule noire. Elle résiste au désespoir et décide de dormir quelques heures.

Elle dort dix heures d'affilée. Un sommeil de machine à l'arrêt. Presque un sommeil de mort. Et elle se réveille avec l'envie d'en découdre avec l'univers tout entier. Il va lui falloir de l'énergie. Il faut qu'elle mange. Le room service lui apporte du pain, des fruits et du fromage. Au jeune homme en livrée, elle demande où elle pourrait trouver une bonne librairie internationale. Le jeune homme lui indique une grande librairie dans le centre commercial de Friedrichstrasse et lui conseille d'y aller aujourd'hui ou demain.

– Pourquoi ? demande Katerine.

Le jeune homme paraît amusé que Katerine ne soit pas au courant.

– Après-demain c'est le début du sommet du G8. Il va y avoir une manifestation terrible. Et ici vous êtes dans l'œil du cyclone.

– Ah bon. Et que se passe-t-il ici en particulier ?

Le jeune homme est à deux doigts de rigoler, mais le règlement lui interdit de se foutre de la gueule des clients.

– Mais c'est ici qu'il aura lieu, le sommet. La conférence du G8. Ici, dans les salles de conférence du premier étage. La plupart des participants ont d'ailleurs réservé des chambres dans cet hôtel. Dans deux jours, on sera aussi bien gardés que le Pentagone.

– Ah bon…

Katerine s'en fout.

Elle a tort.

3
Les petites épreuves de la vie

Quand Pierre avait annoncé, à la veille de la manifestation, qu'il fallait retourner chez Heinrich Müller, Fred avait cru qu'il allait s'évanouir. Finalement, il ne s'évanouit pas, mais il sembla que l'ensemble des mouches de dedans sa tête s'étaient décidées à mettre en route leurs millions de petits moteurs. Il était certain qu'elle avait tout raconté au vieux, peut-être même avait-elle inventé des choses. Il allait passer pour un con. Encore une fois. Comme aux yeux de son père. Comme aux yeux de sa cousine (tiens, au fond, comment allait-elle, celle-là ? Comme aux yeux de ses amis. Non… Non… Il devenait parano, là. Mais il se sentait con, c'était une certitude. Il n'aurait pas pu dire exactement pourquoi, mais c'était clair.

Il se sentait con.

Alors, pour ne pas avoir l'air encore plus con, il ne dit rien et accompagna tout le monde dans la maison pourrie de ce petit vieux tuberculeux, bien décidé à soutenir son regard.

Pour avoir l'air moins con.

En chemin, ils s'arrêtèrent sur la grande esplanade faisant face au palais du Peuple, incroyable chancre hérité de l'époque communiste. C'était là qu'une bonne partie de ce qui allait constituer les manifestants s'étaient rassemblés. Certains auraient préféré la porte de Brandebourg, mais la police s'y était opposée, autorisant du bout des lèvres que s'installent quelques « tentes » représentant les « mouvements altermondialistes ». Tout ça avait été trop vague. Personne n'avait compris comment suivre la procédure complexe pour obtenir un emplacement. Personne n'avait d'ailleurs vraiment compris si la manifestation était autorisée ou non et si l'itinéraire dont avait parlé le maire à la télévision (un circuit allant, en gros, du palais de la République jusqu'au quartier pourri du SE-36), était sérieux ou bien une mauvaise blague.

Comme rien n'était clair, tout le monde avait fait un peu n'importe quoi, les tentes avaient été montées les unes à côté des autres, n'importe comment, d'une manière telle qu'il était à peu près impossible d'arriver à la plupart d'entre elles sans devoir en escalader d'autres. Tous ceux qui dans le monde avaient une raison d'en vouloir au capitalisme s'étaient donné rendez-vous là : des zapatistes en goguette, des Français du village intergalactique, des militants anti-OGM, des représentants de toutes sortes de partis de gauche, suédois, grec, finlandais, australien et suisse. Des Brésiliens du Parti des travailleurs, le MAS bolivien, le Patchakutik d'Équateur, donnaient une touche d'exotisme. Les mouvements marxistes-léninistes cherchaient des endroits où coller des affiches et s'échangeaient des cd copiés, des trotskistes distribuaient avec discipline des tracts contre les Jeux olympiques. Des antinucléaires faisaient signer une pétition contre le transport par route et par mer des matériaux radioactifs et toute une nébuleuse syndicaliste un peu méfiante s'acharnait à tenir allumés des braseros. Des héritiers anglais de « Reclaim the Street » et les Américains de Direct Action Network essayaient de comprendre ensemble comment brancher une monstrueuse chaîne stéréo sur lecteur mp3, des militants italiens des centres sociaux, les Tute Bianche (les « Invisibles ») regardaient de travers leurs compatriotes de Rifondazione Communista, ils s'étaient déjà accrochés, ça avait failli mal tourner. Les Espagnols du Movimiento de Resistencia Global cherchaient désespérément où garer un break Seat. Greenpeace se la jouait grand luxe dans une tente gigantesque équipée d'un téléviseur à plasma diffusant les images d'une série d'actions héroïques en pleine mer. Il y avait aussi différents mouvements gays et lesbiens (une fille d'Act up se faisait engueuler par un Russe pour une raison que Fred ne comprit pas), une poignée de types de l'United Students Against Sweatshop faisaient un spectacle qui mimait des enfants chinois en train de broder des insignes Nike sur des blousons. Les gens d'Attac beuglaient dans un mégaphone que la « réunion allait commencer dans dix minutes » alors qu'une dizaine de membres de l'internationale paysanne de Via Campesina les regardaient faire avec curiosité. Quelque part, une série de haut-parleurs branchés sur une batterie de camionnette diffusaient la flûte de pan d'Atahualpa Yupanqui. Fred, Paul, Kristine et Pierre firent la queue devant un stand de crêpes tenu par des séropositifs complètement débordés par l'affluence et une altercation entre quelques membres de la Ligue anarchiste européenne et des maoïstes hollandais à propos d'un supplément chocolat.

Quand ce fut leur tour, Paul ne voulut pas de crêpe (ça donnait soif, donc ça faisait pisser). Fred, qui n'avait plus un rond, déclara qu'il n'avait pas faim, quant à Pierre, allergique aux œufs, il savait qu'une simple crêpe pouvait le tuer. Finalement, il n'y eut que Kristine qui en prit une.

– Une belle démonstration de force, dit Pierre en regardant l'esplanade noire de monde.

Comme tout le monde hochait la tête, il ajouta :

– Pourvu que tout se passe bien.

– Ça ne se passera pas bien, lâcha Paul en regardant un hélicoptère blanc et vert de la police faire des ronds au-dessus d'eux. Ça ne peut pas se passer bien. On est à l'aube de la grande confrontation. Les humains contre les autres, nous allons lutter pour notre survie.

Tout le monde hocha la tête, encore une fois, même Fred pour ne pas avoir l'air d'un con. Mais cette dernière remarque acheva de le faire flipper pour de bon. Une fois la crêpe terminée, ils allèrent à Alexanderplatz prendre le métro.

Quand ils arrivèrent devant la porte d'Heinrich Müller, Fred se répétait comme un mantra : J'veux pas que Mika soit là, j'veux pas que Mika soit là, j'veux pas que Mika soit là...

Mika ouvrit la porte. Elle avait abandonné la jupe en cuir pour un vieux pull cent fois trop grand, sans doute un pull d'Heinrich, et un jean crasseux. Fred eut l'impression qu'elle le fixait avec mépris. Discrètement, il se cacha derrière Paul.

Heinrich les attendait dans une grande pièce vide du rez-de-chaussée où les conduisit Mika d'un pas traînant. La pièce dégageait une forte odeur de menthol, deux petits radiateurs électriques diffusaient de la chaleur. C'était presque agréable. Au milieu de la pièce, une énorme boîte noire, un gros cercueil, occupait une bonne partie de l'espace.

– C'est son caisson d'isolation sensorielle. Trois heures, chaque jour. Il flotte dans une solution d'eau salée qu'on chauffe à trente-sept degrés. Ça soulage ses poumons et ça l'aide à réfléchir. Il commence toujours par ça avant d'écrire.

Pour la troisième fois de la journée, tout le monde hocha la tête. Fred, ça commençait à vraiment l'énerver ces gens qui hochaient la tête pour un oui ou pour un non. Juste après, il se demanda ce que ce vieux dingue pouvait bien écrire.

Mika s'approcha et donna trois petits coups prudents sur la surface du caisson. On entendit bouger à l'intérieur, quelqu'un toussa un long moment puis dit : « Ja, ja… » Mika ouvrit une trappe aménagée sur la face avant. Heinrich sortit, complètement nu. Fred ne put s'empêcher de reculer d'un pas. Avec ses cheveux gris plaqués par l'eau salée sur son crâne, avec son grand corps pâle qui le faisait ressembler à une branche de bouleau pourrie, avec son visage triste de créature vivant dans les grandes profondeurs, il faisait presque peur.

Mika lui tendit une serviette puis une sortie-de-bain. Fred en était maintenant certain, le vieux devait sauter la fille. Il se mordit l'intérieur de la joue pour chasser les images épouvantables qui assaillaient son imagination. Heinrich les fit monter dans son bureau. Mika les y suivit avec un des petits radiateurs électriques qu'elle brancha près du fauteuil où il s'assit.

– Vous vous sentez prêts ? demanda-t-il.

Kristine hocha la tête :

– Nous avons les caméras, les batteries sont chargées. On prendra aussi un appareil photo numérique. On vient de passer prendre la température devant le palais du Peuple. Tout a l'air calme…

– Des hélicoptères survolent l'endroit, ajouta Paul.

Heinrich hocha la tête.

– Ils prennent des photos. Ils fichent les gens…

– On ne sent pas encore vraiment de présence policière… fit Pierre. J'imagine que ça se mettra en place à la fin de la journée.

Heinrich sourit et indiqua un plan de Berlin :

– Ils sont déjà partout. On a recoupé des informations. La plupart des corps de police d'Allemagne ont été mobilisés et sont dans différents commissariats et différentes casernes de la périphérie. Apparemment, l'armée va diriger les opérations, mais pas moyen de savoir si les militaires seront nombreux. Ce qu'on sait par contre c'est que deux avions, de gros avions, sont arrivés discrètement cette nuit à Tempelhof avec des Anglais et des Américains des services spéciaux. Les mêmes qui se sont amusés en

Afghanistan, en Somalie et en Irak. Un bagagiste est un ami à nous et il nous a dit qu'il avait vu qu'on débarquait du matériel lourd. Tout ça va se mettre en place cette nuit.

– Quand je disais que ça allait être la guerre, dit Paul.

Heinrich approuva et ouvrit un tiroir d'où il sortit un sachet contenant une poignée de pastilles blanches.

– La bataille décisive. Prenez ça. Si on vous arrête, vous en prenez une.

Comme personne n'avait l'air de s'en faire, Fred posa la question :

– Qu'est-ce que c'est ?

C'est Mika qui répondit.

– Cyanure de potassium. C'est moi qui le fabrique, avec du révélateur photo. On apprend des choses quand on est une fille d'Illuminati.

– Mais c'est du poison, dit Fred qui ne comprenait pas.

– Un poison violent. La mort en quelques minutes par fibrillation.

Fred n'en revenait pas :

– Vous voulez qu'on se... suicide si on se fait arrêter ?

Dans son dos, il entendit Kristine soupirer :

– Mais enfin, Fred...

– Je ne comprends pas... Pourquoi on devrait...

Heinrich parla doucement, comme s'il essayait d'expliquer les principes de la thermodynamique à un enfant de six ans.

– Écoute, on te l'a déjà dit, tu crois que tu vis dans un État démocratique où tu as des droits mais c'est faux. Tu n'as aucun droit, si tu te fais arrêter tu seras interrogé avec des méthodes qui te feront tout dire. Tu donneras mon nom et mon adresse, ensuite c'est moi qu'ils viendront chercher et si, à ce moment, je n'avale pas un de ces bonbons, ils m'injecteront du penthotal directement dans le bulbe rachidien et ils m'électrocuteront les testicules. Je balancerai tout le monde, ils démantèleront notre réseau et ce sera des dizaines de personnes clés qui tomberont…

– C'est la guerre, dit Pierre. Vraiment la guerre.

Fred sentait que ça venait.

Il se sentait con.

4
Le cœur à l'ouvrage

En sortant de l'hôtel, Katerine vit que le type du room service n'avait pas menti, il allait y avoir une grosse manif. En tout cas, c'est ce qu'avaient l'air de croire les flics qui étaient déjà là par dizaines à placer des chevaux de frise et à garer leurs véhicules blindés là où ils trouvaient de la place. Katerine s'était dit que la politique ne menait jamais à rien de bon et elle se félicita de ne jamais s'y être intéressée de trop près.

Elle se fraya un chemin à travers les hommes en uniformes, rendit son sourire à un colosse de deux mètres qui portait par deux les barrières de sécurité et se dirigea droit vers la librairie. Une fois sur place, il lui fallut une heure (et l'aide d'un jobiste qui se coupa en quatre pour lui trouver un dictionnaire de botanique bilingue) pour conclure que la « verge de pasteur » était une plante vivace assez commune dans le bassin méditerranéen et que les botanistes préféraient appeler aujourd'hui asphodèle. Elle prit son Filofax et nota. Et puis se demanda où elle pourrait mettre la main, aujourd'hui, dans un Berlin surgelé, sur une plante du bassin méditerranéen. Ça n'allait pas être simple. Elle fit deux colonnes, d'un côté ce qui était facile à trouver : la craie, la latte, le mètre ruban, le froment (elle achèterait une boîte de céréales bio) et la pomme. De l'autre côté elle nota ce qui allait être plus coton : les cierges bénis, la pervenche, la poule noire n'ayant jamais pondu. Elle réfléchit une seconde, puis elle remarqua que le jeune jobiste l'observait du coin de l'œil. Elle sourit et se mit une mèche de cheveux derrière l'oreille comme elle l'avait vu faire Meg Ryan dans *Vous avez un message.* Puis elle alla vers lui :

– J'ai besoin de certaines choses, mais je ne sais vraiment pas comment faire. Est-ce que vous pourriez m'aider ?

Elle fouilla son portefeuille et en sortit une carte Visa « platinum ».

– Je vous paierai, bien entendu.

Le jobiste devait avoir à peine plus de vingt ans. De vieilles cicatrices d'acné et un regard fuyant trahissaient qu'il n'avait pas dû avoir la vie facile avec les filles. Il resta une seconde silencieux, sans doute en proie à un obscur conflit intérieur.

– Je paierai beaucoup, dit encore Katerine pour le décider.

Le jobiste regarda la carte Visa et dit dans un français hésitant :

– D'accord, dites-moi ce que je peux faire.

Katerine lui montra la liste des choses difficiles à trouver. Le jobiste fronça les sourcils et réfléchit.

– C'est possible, mais il va falloir que je demande ma journée.

– Je paierai, dit-elle encore pour lui donner une dernière impulsion.

Il s'éclipsa un moment. Quand il revint, il avait enfilé une grosse veste de ski bleu marine.

– C'est bon. Si vous voulez, on peut y aller.

Le jobiste s'appelait Gustaaf, il travaillait dans le centre commercial pour payer une partie du loyer d'un appartement communautaire où il vivait avec des étudiants en dessin. Il commença à se lamenter sur les difficultés d'être un jeune Est-Allemand dans le pays réunifié, mais Katerine le remit immédiatement sur les rails.

– Vous m'avez dit que vous saviez comment se procurer tout ça.

Ils étaient dans Friedrichstrasse, un courant d'air glacial descendait jusqu'à eux depuis la porte de Brandebourg et Katerine n'avait pas envie de perdre de temps.

– Oui, excusez-moi. Pour les plantes, il faudrait aller chez un herboriste.

– Un herboriste ! ça existe encore ce genre de boutique ?

– Ben oui. Il y a un nombre incroyable de gens qui ne croient plus à la médecine et qui cherchent d'autres choses. Ça marche bien, ces petits commerces.

Elle suivit Gustaaf. Ils prirent le métro et sortirent dans un quartier calme et plutôt bourgeois qu'elle ne connaissait pas.

– Les médecines parallèles, ce n'est pas un truc de prolétaires, dit le jobiste, voyant l'expression étonnée de Katerine.

Le magasin en question, tenu par deux dames âgées et élégantes, se trouvait au rez-de-chaussée d'une énorme maison qui semblait leur appartenir. Gustaaf, qui avait noté le nom allemand de l'asphodèle, le montra à une des deux. La vieille dame sortit quelques branches séchées d'un grand pot en verre. La pervenche ne posa pas plus de problème, elle était vendue au poids, dans des sachets en papier. Katerine cocha les deux ingrédients sur sa liste. Restaient les cierges bénis et la poule noire n'ayant jamais pondu.

– Pour les cierges, c'est facile. Pour la poule, je réfléchis.

Gustaaf et Katerine reprirent le métro, un long trajet, un changement, ils marchèrent dans une rue interminable et débouchèrent devant une église moderne en briques rouges.

– Ici, il y a un prêtre. Il accueille des sans-abri en hiver. Il faudra lui donner un petit quelque chose.

Le prêtre, un homme minuscule au visage lisse, ne demanda pas pourquoi cette grande fille blonde pouvait avoir besoin de cinq cierges bénis. Il avait même l'air de s'en foutre royalement. Il prit cinq bougies dans un tiroir, fit un signe de croix, dit un mot en latin et demanda quinze euros.

– Et pour la poule ?

– Il faut aller chez les Roms. Eux ils ont des poules.

– Les Roms ?

– Les gitans. Le maire les a casés sur un terrain pas loin d'ici.

Katerine était crevée, elle avait mal aux pieds, elle avait faim et, pire que tout, elle devait pisser. Elle serra les poings et se dit que dans une heure elle serait à l'hôtel et pourrait commencer.

– On y va.

Gustaaf demanda s'ils pouvaient prendre un taxi parce qu'en métro ça allait être compliqué d'aller chez les Roms. Katerine était plutôt contente de pouvoir s'asseoir quelques minutes. Gustaaf héla un taxi, le chauffeur renifla quand il lui donna la destination.

– Vous allez faire quoi avec tout ça ? lui demanda le jobiste une fois installé.

– Un masque de beauté, répondit Katerine qui n'avait pas envie de s'étendre sur le sujet.

Gustaaf haussa les épaules.

– De toute façon je m'en fous. Vous allez me donner combien ?

Katerine proposa deux cent cinquante euros qu'il accepta sans discuter.

L'après-midi était déjà bien entamé quand ils arrivèrent au camp des Roms. Un amas de voitures et de caravanes avec de la mauvaise herbe jusqu'aux essieux et des vitres noires de crasse. À part quelques hommes qui regardaient fixement le taxi d'un air vaguement menaçant, il n'y avait pas grand monde. Gustaaf demanda au chauffeur d'attendre. Kristine, qui commençait à comprendre le système, lui glissa un billet de vingt euros.

Le terrain des Roms était entouré par des bretelles d'autoroute qui faisaient comme un interminable bruit de tonnerre. Il fallait presque crier pour se faire entendre. Gustaaf lui donna un coup de coude et lui indiqua quelques poules faméliques qui grattaient le sol devant un empilement de pneus. Le jobiste alla droit vers les hommes, qui ne les avaient pas quittés du regard, et leur dit quelques mots en allemand. Les hommes se regardèrent, l'un d'eux dit quelque chose dans une langue non identifiable, ils rirent et répondirent à Gustaaf qui prit un air outré.

– Ils disent qu'une poule comme vous voulez, c'est cent euros.

– D'accord !

– Mais c'est du vol. De l'arnaque. Je suis désolé, c'était une mauvaise idée...

– Je n'ai pas le temps de chercher une autre poule. Dites-leur que je suis d'accord, mais qu'elle doit être noire et n'avoir jamais pondu. C'est important.

De mauvaise grâce, Gustaaf traduisit. Un des hommes hocha la tête et rentra dans une des caravanes d'où il ressortit presque aussitôt avec une poule noire dans les bras.

– Comment est-ce que je peux être certaine qu'elle n'a jamais pondu ?

Gustaaf traduisit la question. Le Rom hocha la tête comme s'il percevait toute la légitimité du doute. Il retourna la poule et lui introduisit un doigt dans l'arrière-train.

– Il dit qu'on ne sent pas d'œufs au fond. Il dit que c'est la preuve et que vous pouvez sentir si vous voulez.

Le Rom souriait en lui tendant le cul de la poule comme s'il s'était agi d'un verre de Martini.

– Ça va. Je le crois.

Elle sortit ses cent euros, prit la poule et remonta dans le taxi.

– On rentre à l'hôtel. Je te donne cinquante euros en plus si tu vas me chercher ce qui reste sur la liste et que tu me l'apportes dans ma chambre.

– La pomme, la latte, la craie et le froment ?

– Oui.

– D'accord.

Une fois devant l'hôtel, elle vit que la police n'avait pas chômé. L'endroit ressemblait à un vrai château fort. D'énormes limousines appartenant sans doute aux différentes délégations étaient garées au milieu du chemin, leur carrosserie impeccable reflétant la lumière des vitrines de Friedrichstrasse. Des journalistes étaient déjà là, dehors et dans le hall, où régnait une tension manifeste qui permit à Katerine de rentrer avec la poule sans que personne ne fasse attention à elle. Une fois dans sa chambre, elle lâcha le volatile qui chia immédiatement une série de crottes blanchâtres sur le tapis avant de gratter sans succès à la recherche de quelque chose à manger. Kristine alla dans la salle de bains, prit une douche et se lava les cheveux. Avec la poule qui se baladait dans la chambre, elle se dit que ce serait une mauvaise idée d'appeler le room service. Elle avala les cacahuètes du minibar et un chocolat minuscule qui avait été laissé sur l'oreiller par la femme de chambre. On frappa à la porte, c'était Gustaaf avec un sac du centre commercial.

Tout avait l'air dedans. Elle remercia le jobiste, mais il ne partit pas tout de suite. Il avait l'air d'attendre quelque chose.

– Qu'y a-t-il ? demanda-t-elle.

– On pourrait se revoir.

Elle le regarda. Elle se dit que pour un petit gars plein de complexes comme lui, ça avait dû être une épreuve de dire ça. Il était plus courageux qu'elle ne le pensait.

– Je suis mariée, dit-elle en montrant son alliance. Pour une fois que ça lui servait à quelque chose.

Le jobiste s'en alla en imitant une expression tirée du *Jeune Werther*. Katerine resta seule avec les herbes, les cierges, la poule qui arpentait la chambre en émettant des petits bruits inquiets.

À présent, elle avait tout le matériel nécessaire à la localisation de Rosa.

5
Efficacité prouvée

Jusqu'à aujourd'hui, les seules procédures magiques ou divinatoires qu'avait pratiquées Katerine étaient les opérations mathématiques données dans les pages « numérologie » de *Elle.* Elle savait qu'il existait d'autres façons d'obtenir les réponses aux questions que l'on se posait, des façons plus sophistiquées, évidemment, mais beaucoup plus puissantes. C'était la recette de l'une d'entre elles qu'elle avait trouvée dans son Filofax.

Il s'agissait d'une recette extraite du *Livre hiéroglyphique d'Hermès,* dont elle avait trouvé un fac-similé chez un libraire ésotérique. C'était une prétendue traduction du grec, l'ouvrage parlait, dans sa majeure partie des pouvoirs de « Junon sur les récoltes et la guérison des maladies », mais il comportait aussi un chapitre sur la divination. L'auteur anonyme commençait par une pittoresque description du monde des démons et exposait les « trente-deux voies de lumière » permettant de se faire entendre par l'une ou l'autre « créature maudite » par-delà « le monde de la nuit ». Katerine avait jugé le style du livre « nul et confus », en particulier en ce qui concernait la mise en garde, mais elle passa outre. Selon l'auteur, le « meilleur allié de toute personne cherchant à retrouver un disparu » était un certain Eliphas Levy Shaed Nebiros, occupant dans la hiérarchie infernale une position assez peu prestigieuse, à savoir « maréchal des camps et inspecteur général, commandant la seconde légion ». Katerine ne voyait pas trop à quoi ça pouvait correspondre, mais retrouver un disparu était exactement ce à quoi elle voulait parvenir.

Elle suivit les indications à la lettre : elle baissa les lumières et se déshabilla entièrement « en signe de respect et de soumission aux forces sollicitées ». Elle déplaça le bureau. Elle mit sur le lit la chaise, la télévision et son support et la table basse. Ça dégageait de la place au milieu de la chambre. Elle allait en avoir besoin.

Avec la craie, la latte et le mètre, elle traça sur le tapis un pentagramme et le trouva bien réussi. Elle cracha sur chacun des cierges bénis en répétant la phrase : « Maion y ezpares retragammation oryoam irion esytion existion eryona onera brasim moyn messias soter emanuel saboot adonay te adoro et invoco », c'était chiant à faire, ça lui rappelait son cours d'espagnol.

Elle plaça les cierges sur des sous-verres qu'elle avait trouvés dans le minibar et les alluma. Avec la lumière tamisée, le pentagramme et les cierges, elle estima que sa petite mise en scène commençait à avoir de l'allure, ça sentait la magie à plein nez. Elle sortit de son sac les branches d'asphodèle et le sachet contenant la pervenche et mit tout ça dans un cendrier au milieu du pentagramme. Elle trancha la pomme et en sortit les pépins qu'elle dut mettre en bouche et cracher (encore) un par un dans le cendrier en répétant : « Eliphas Levy Shaed Nebiros, maître de tous les esprits rebelles, je te prie d'être favorable dans l'appellation que je fais à ton Grand Ministre. Apparais-moi sans violence et sans mauvaise odeur. »

Bon, pour Katerine, le plus difficile restait à faire. Elle chercha la poule des yeux. Après une courte inspection de la chambre elle finit par la trouver, endormie derrière la grosse armoire. Katerine pensa qu'il était étonnant de voir à quel point ces animaux étaient sensibles à la baisse de luminosité et conclut que la nature était drôlement douée. Elle tendit le bras, attrapa la poule par l'aile. La poule fit un « côôôôôt ? » à la fois inquiet et interrogatif, mais se débattit peu quand Katerine la conduisit au centre de l'étoile.

Katerine avait démonté son Gilette Vénus pour en extraire la lame. Elle l'avait récupérée sur le coin du lit et la tenait à présent fermement entre le pouce et l'index de la main droite. Le problème c'était que Katerine n'était pas du tout une spécialiste de l'assassinat d'animaux. À part une mouche de temps en temps, elle n'avait jamais rien tué. Elle serra les dents, il ne fallait pas qu'elle hésite, il fallait que ça aille vite, comme quand on enlève un sparadrap. Tenant la poule coincée sous son bras gauche, elle lui releva la tête et trancha le cou d'un coup sec. Le corps de l'animal se crispa, se tendit et du sang coula en un épais filet rouge. Katerine en fit couler une partie dans le cendrier où se trouvait déjà l'asphodèle, la pervenche et les pépins de pomme. La poule se débattit soudain avec force, Katerine faillit vomir. Elle la lâcha et la regarda se réfugier à nouveau derrière l'armoire.

Un triste endroit pour mourir, pensa-t-elle.

Katerine se mit à genoux devant le pentagramme et reprit son Filofax : elle lut à haute voix en essayant de ne pas se tromper : « Caput mortum, imperet Dominius per vivum et devotum serpentem. Cherub, imperet tibi dominus. Aquila errons, imperet tibi dominus per alas tauri ! Serpens imperet tibi dominus. Tetragammation per Angelum et Leonem. Michael, Raphael, Anael, Fluat udor per spiritum Eloim. » Voilà, c'était tout ce qu'elle avait à faire. La recette disait qu'ensuite Eliphas Levy Shaed Nebiros allait apparaître et qu'elle pourrait lui demander l'information.

Katerine attendit dix minutes sans résultat, avec comme fond sonore la poule qui agonisait derrière l'armoire de la chambre. C'était sinistre. Elle se dit qu'elle commençait à avoir froid, comme ça, à poil devant son pentagramme et qu'elle avait faim aussi. C'était bête de ne pas pouvoir appeler le room service, elle aurait donné cher pour un vrai repas. Tant pis. Elle se remit sur son lit, alluma la télé et regarda Euronews en mangeant ce qui restait de la pomme. Un journaliste faisait un reportage sur le sommet du G8 qui se préparait. On filmait la ville, des groupes de manifestants qui venaient d'un peu partout, des flics qui se préparaient. Un hélicoptère avait survolé l'esplanade du palais du Peuple. Noire de monde. Il y avait eu quelques arrestations, des jeunes qui avaient tagué la vitrine d'un McDo, mais sinon, d'après un flic en civil, « tout était sous contrôle ». Puis, la caméra filma l'entrée du Westin Grand et l'arrivée d'un ou deux personnages importants qu'elle ne reconnut pas. Puis ce fut les cours de la Bourse. Puis un reportage sur l'abattage des arbres dans les forêts finlandaises. Katerine commençait à s'emmerder et à désespérer de retrouver un jour Rosa.

Puis Katerine sentit l'odeur. Une odeur tellement forte qu'elle la prit comme une gifle en pleine figure. Une odeur tellement épouvantable qu'elle semblait contenir toutes les pires odeurs qu'elle avait pu sentir dans sa vie : un marché aux poissons au Portugal, le vomi du bébé d'une copine, un pet que sa grand-mère avait lâché quelques jours avant sa mort, une viande avariée, une andouillette AAAA, un flacon d'esprit-de-sel. C'était tout ça. Tout ça en pire.

– Merde ! dit Katerine en ramenant un morceau de drap sur son nez.

Puis une chèvre sortit de la salle de bains. L'image était tellement incongrue qu'il fallut plusieurs secondes pour que le cerveau de Katerine l'interprète et l'accepte. Une grande chèvre noire qui la regardait depuis la porte de la salle de bains.

Ne pas perdre son sang-froid. Pas maintenant ! se dit Katerine.

La chèvre semblait attendre quelque chose. Katerine tendit le cou.

– Je veux savoir où trouver Rosa ! dit-elle à voix haute.

La chèvre s'approcha, piétinant le pentagramme, en ayant l'air de s'en foutre royalement de renverser les bougies et le sang de poule. Elle se planta devant le lit, pendant une seconde elle sembla scruter Katerine puis, comme si elle avait pris une décision, elle grimpa dessus d'un petit bond. Elle vint se placer juste devant Katerine qui faillit mourir tant l'odeur était devenue forte. Au passage, elle remarqua que compte tenu de ce qu'elle venait d'apercevoir entre les pattes de la chèvre, la chèvre n'était pas une chèvre. La chèvre était un bouc. Et manifestement ce bouc avait la trique. Katerine se mordit la lèvre, elle commençait à avoir très envie de foutre le camp de sa chambre et de prendre l'avion pour rentrer chez elle, mais elle repensa au baiser échangé avec Rosa. En essayant de mettre de l'autorité dans sa voix, elle répéta :

– Je veux savoir où trouver Rosa !

Le bouc se redressa et posa ses deux pattes avant sur le mur, mettant juste sous le nez de Katerine son sexe mince, long, dur et aussi rouge qu'un bonbon Haribo.

Merde, se dit-elle en comprenant ce que le bouc attendait. Dans son esprit, les choses allèrent très vite : elle se dit que ce bouc en train de bander devant elle c'était vraiment dégueulasse, elle se dit qu'elle comprenait pourquoi on brûlait les sorcières au Moyen Âge, elle se dit que c'était quand même incroyable que ça fonctionne, la magie, et que pour y être arrivée elle devait avoir un putain de pouvoir, elle se dit qu'heureusement personne, jamais, ne saurait ce qu'elle était en train de faire et elle se dit, enfin, que lorsque le vin était tiré, il fallait le boire.

Elle tendit la main, saisit le sexe du bouc et commença une branlette consciencieuse.

Il a l'air d'aimer ça, ce salaud, se dit-elle en voyant comment il réagissait.

Heureusement, ça ne prit pas longtemps. Le bouc jouit, quelques gouttes de sperme tombèrent sur le poignet de Katerine qui faillit vomir pour la dixième fois de la soirée et qui commençait à en avoir marre de ces conneries. Le bouc descendit du lit, lâcha un chapelet de crottes sur le tapis et disparut dans la salle de bains sans lui accorder le moindre regard. C'était limite vexant. Elle se leva, alla vérifier dans la salle de bains, où il n'y avait plus la moindre trace de bouc. Plus fort que Peter Pan, ce bouc. Elle passa une sortie-de-bain brodée du nom de l'hôtel, elle ressortit de la salle de bains et alluma la lumière. Un vrai bordel ! Les bougies avaient coulé sur le tapis, il y avait du sang de poule un peu partout et des plumes dans tous les coins. L'horrible odeur de tout à l'heure était toujours là. Moins forte mais toujours là. Tenace.

Et mon information ? se dit Katerine. Ce salaud ne m'a rien dit. De rage, elle tapa du pied. Puis elle remarqua quelque chose au milieu des crottes. Un petit bout de papier froissé. Elle le ramassa et le déplia d'une main tremblante. Il y avait dessus quelque chose de tapé à la machine, une adresse. Une adresse à Berlin.

Elle avait réussi.

6
Avant la tempête

Fred le migraineux, Kristine l'intello, Paul la brute révolutionnaire et Pierre le clone souffreteux. Une bande de héros pour dénoncer les horreurs de la répression capitaliste et, si possible, l'existence d'un grand complot mondial. Cette pensée traversa Fred, il sourit amèrement. Il repensait à l'époque bénie où il glandait dans son appartement, où il pouvait passer sept jours d'affilée à regarder la télé, à descendre des bières et à fumer des joints en prétendant travailler sur une thèse dont il n'avait jamais réussi à définir convenablement le sujet. Il maudissait sa faiblesse, qui l'avait conduit ici, à Berlin, dans cet appartement pourri en compagnie de ses amis qui le prenaient sûrement pour un type complètement nul, juste bon à s'occuper de l'un des appareils photo numérique pendant la manif. Même pas d'une caméra. Et dire que c'était cette même faiblesse qui l'empêchait, à quelques heures de ladite manif, de leur dire d'y aller sans lui, qu'il resterait ici, qu'il recommencerait à vivre comme avant, qu'il s'achèterait des chips et qu'il regarderait la télé. En les attendant.

Au lieu de ça, il n'avait rien dit. Comme tout le monde, il s'était couché tôt pour être en forme le lendemain à sept heures, heure de départ pour l'esplanade du palais du Peuple d'où allaient partir les manifestants.

Il n'avait rien dit. Il se sentait pire qu'une nouille. Il avait mal au ventre.

Fred était dans son sac de couchage, à côté de Paul. Il avait fermé les yeux, il espérait pouvoir s'endormir rapidement. Au moins, quand il dormait, il pensait à autre chose qu'à tout ça : sa vie qui ne rimait à rien, sa vie de parasite glandeur, sa vie qui aurait pu s'arrêter demain sans que cela pose le moindre problème à la bonne marche de l'humanité, à son père qui lui apparaissait sous les traits d'un militaire putschiste qui impose le vote de décrets injustes. Plus d'argent ! Quel salaud. S'il avait pu dormir, il n'aurait pensé à rien.

Malheureusement Fred ne dormait pas.

Pas moyen.

D'abord, à côté de lui, Paul faisait un boucan dingue à cause de sa foutue infection de l'urètre qui refusait de guérir. Il poussait de ces petits gémissements de chiot capables de vriller les nerfs de Fred aussi sûrement qu'une foreuse attaquant une plaque de marbre. Ensuite Fred avait peur. Il ne la sentait pas cette manif. Il ne la sentait pas après ce que Pierre lui avait raconté. Il ne la sentait pas depuis qu'on lui avait dit que ce serait la guerre. Il ne la sentait pas depuis qu'on lui avait dit qu'il y aurait des coups et peut-être des morts. Il ne sentait pas cette histoire de cyanure qu'ils devraient tous porter sur eux.

Et puis, s'il ne dormait pas c'était aussi qu'il pensait à sa bite. Plus précisément, à la longue succession d'échecs que sa bite avait connue : à une certaine époque, il aurait pu se faire sucer par Kristine. Il aurait suffi qu'il lui demande et elle l'aurait fait. Il n'avait pas osé, elle ne l'avait pas sucé. Personne ne l'avait jamais sucé. Quel con ! Elle était moche, mais au moins ça lui aurait fait un souvenir. Et puis, il n'avait jamais baisé sa cousine et il ne la baiserait jamais. Cette simple évidence suffisait à le convaincre que sa vie entière n'était qu'un échec. Même une paumée comme Mika, il ne l'avait pas baisée. Même une fille à moitié timbrée comme Mika ne voulait pas de lui et préférait se faire sauter par un vieil Allemand d'extrême gauche aussi sexy qu'un cadavre de béluga sur une plage de la Manche. Merde ! Quelle misère !

Il essaya de se branler, mais, avec le stress et la tristesse, il ne bandait pas. Alors en désespoir de cause il refit l'inventaire des affaires qu'il mettrait demain : ses Nike avec des chaussettes propres, deux tee-shirts et son gros pull. Son anorak vert de chasseur avec une grande poche pour l'appareil photo, son unique jean de plus en plus crasseux et son foulard avec écrit *Don't eat meat, save a life* d'un côté et *legalize it, jetzt oder nie !* de l'autre.

C'était avec ça qu'il partait à la guerre.

Ça allait être beau.

7
En plein dedans

Il faisait moins froid.

Ça c'était la bonne nouvelle.

Il pleuvait.

C'était la mauvaise.

Devant l'énorme masse cuivrée du palais du Peuple, la foule des manifestants pataugeait dans la boue qui ruisselait à travers les dalles de béton.

Fred sentait que de l'humidité rentrait dans ses chaussures. Des gouttes d'eau dégringolaient sur son anorak et trempaient son jean.

Il avait envie de pisser.

Il se sentait seul.

À part lui, tout le monde avait l'air en pleine forme. Même Paul avait l'air d'oublier ses problèmes d'urètre, même Pierre avait l'air d'oublier les faiblesses de son corps cloné et allergique. Même Kristine n'avait fait chier personne depuis ce matin. La bonne humeur ambiante semblait les avoir transformés.

Il y avait encore plus de bruit que la veille. Des types jouaient avec des cornes de brume et des pétards. Une bande de chamans du Chiapas frappaient sur des tambours grands comme des minibus, une quantité appréciable de groupes avaient des porte-voix et hurlaient dedans des slogans incompréhensibles, d'autres s'étaient procuré des sirènes et leurs hululements déchiraient douloureusement l'air du matin.

Ils avaient rendez-vous avec Mika qui voulait, elle aussi, participer à la manifestation où selon elle « chaque soldat allait compter ». Ils l'attendaient devant la grande tente Greenpeace et ils la virent arriver, habillée en treillis, une cagoule noire dépassant de sa poche. Elle était arrivée avec une autre fille. Une fille que Fred, malgré sa mauvaise humeur, jugea être un « canon ».

– C'est Rosa, la fille d'Heinrich. Elle est infirmière. Ça peut servir.

La grande belle fille leur avait souri et leur avait montré un petit sac à dos.

– J'ai ici tout ce qu'il faut en cas de blessure. S'il vous arrive quelque chose, vous me téléphonez.

Et elle avait brandi un petit téléphone portable.

– On n'a pas de portable, avait dit Kristine. Heinrich a dit qu'il avait peur des écoutes.

Mika sortit quatre minuscules téléphones de sa poche.

– Ceux-là sont propres. On a mis des puces bidouillées à l'intérieur et Heinrich a reprogrammé le code « Imei » avec son PC. Un ami les a freakés ce matin.

– Freakés ?

– Tous les appels que vous passerez seront facturés à la Deutsche Bank. C'est chouette, hein ?

Fred n'arrivait pas à détacher le regard qu'il posait sur la fille d'Heinrich. L'idée d'être blessé lui sembla une seconde moins pénible.

– Vous avez tous les cachets avec vous ? demanda Mika.

En se souvenant du petit morceau de cyanure qu'il avait dans la poche de sa veste, Fred eut un frisson. Avec des airs de petit lieutenant, Mika continuait ses mises au point.

– On va commencer par suivre le cortège. L'accès à la « zone verte » qui se trouve autour de l'hôtel est interdit mais tout le monde veut forcer le passage. Il est à peu près certain que ça va chauffer de ce côté-là. Il nous faudra une caméra et deux types solides. Je propose que ce soit Paul et Fred qui y aillent en restant prudents. Il nous faut des images. Kristine et Pierre, vous suivez la manif « officielle » et vous essayez de repérer les provocations policières, vous filmez tout : les insultes, les coups et vous essayez de voir s'il n'y a pas des flics en civil dans le cortège. S'il y en a, on est tous à peu près certains qu'ils essayeront de tout faire déraper pour décrédibiliser le mouvement.

– C'est tout ? demanda Paul.

– Oui. Pour l'essentiel on ne sait pas ce qui va se passer aujourd'hui. Il va juste falloir qu'on improvise.

Après ça, il y eut un mouvement dans la foule et le bruit monta d'un cran.

– C'est parti, dit Mika. Nous on reste ici. En cas de problème, vous revenez ou vous téléphonez.

Paul tira Fred par la manche.

– On y va.

Fred mit son capuchon. Comme ça, il se sentirait un peu plus à l'abri.

8

Plus près de toi

Le matin, Katerine avait eu un mal fou à quitter l'hôtel. Toutes les entrées étaient surveillées, il y avait des colosses méfiants, en costume sombre, dans chaque couloir de l'hôtel. Deux fois, sur un ton à la fois poli et glacé, on lui avait demandé sa carte d'identité, le numéro de sa chambre et on l'avait passée au détecteur de métaux. Finalement elle était sortie. Il pleuvait. Il y avait des flics partout, des types sur tous les toits alentour et deux hélicoptères en vol stationnaire observaient la scène avec attention.

Le flic costaud de la veille avait l'air d'avoir la responsabilité des clients allant et venant dans l'hôtel. Il prit Katerine par le bras et lui montra un passage entre les chevaux de frise.

– Go outside, bad idea... lui avait-il dit. Today is like the end of the world.

Elle n'avait pas répondu. Elle avait trouvé qu'il exagérait un peu. Elle avait longuement marché sous la pluie à la recherche d'un taxi, qu'elle finit par trouver à plus d'un kilomètre de l'hôtel.

– Because of the « green zone ». Nobody. No taxi ! avait dit le chauffeur.

Katerine lui avait donné le bout de papier que le bouc avait laissé sur son tapis et sur lequel était écrite l'adresse. Le chauffeur hocha la tête et démarra.

Ils roulèrent un bon quart d'heure et finirent par arriver dans un quartier sinistre, aux rues défoncées et aux maisons crasseuses. Le chauffeur de taxi lui indiqua une station-service à moitié démontée :

– There. The address.

Elle paya.

Elle poussa sur une sonnette sans nom. Elle attendit un long moment en regardant la façade minable de la maison et en se demandant si c'était vraiment là que vivait Rosa.

Rosa, l'amour de ma vie, elle pensa.

Un homme finit par entrouvrir la porte.

– Was ?

Katerine arriva à distinguer une longue silhouette et le profil d'un vieillard. Une odeur de menthol s'échappait de la maison.

– Vous parlez français ? Ou bien anglais ? demanda-t-elle.

– Ja ! Français ! Was ? Je suis occupé !

– Est-ce que Rosa vit ici ?

Un bref silence suivit sa question. L'homme eut une longue quinte de toux. La pluie qui s'était arrêtée recommença à tomber.

– Qu'est-ce que vous voulez ?

– C'est important. S'il vous plaît. Je... dois absolument lui parler... Si je ne lui parle pas... je... je risque de mourir.

– Vous êtes malade ?

– Oui.

Le vieux ouvrit la porte. À voir son expression ce n'était pas de bon cœur.

– Je vous laisse entrer parce que vous êtes malade. Je n'ai pas dit que je connaissais Rosa. Mais il pleut dehors et d'ici vous pourrez appeler un taxi.

– Écoutez. S'il vous plaît. Je sais que Rosa a un lien avec cet endroit... Je le sais... S'il vous plaît.

– Qu'est-ce que vous avez ? Je veux dire comme maladie ?

– J'ai rencontré Rosa à la clinique. Il s'est passé des choses. Il s'est passé des choses entre nous...

L'homme la regarda avec lassitude. Il hocha la tête.

– Je ne connais pas ce Rosa. Je vais appeler un taxi. Je suis désolé...

Un gros paquet de colère, de fatigue et de dégoût pour ce qu'elle avait dû faire pour arriver jusqu'ici remonta dans la poitrine de Katerine.

Elle en avait marre.

Par-dessus la tête.

Fabio.

Le docteur Heinz.

Le bouc.

Ça faisait des mois qu'on l'emmerdait.

Il fallait que ça s'arrête.

Alors, elle lâcha une tirade :

– Écoutez, j'en ai marre. Je ne sais pas qui vous êtes mais je sais que vous connaissez Rosa et je sais que j'en ai marre. J'ai dû faire des trucs horribles pour trouver l'adresse de votre maison, j'ai dû branler un putain de bouc ! Merde ! Alors maintenant je m'en fous. J'en ai marre. Vous êtes vieux, je suis plus forte que vous, vous ne me mettrez pas dehors de force, dites-moi simplement où je pourrai trouver Rosa ! C'est une question de vie ou de mort.

Le vieux eut un frisson. Katerine eut l'impression qu'il réfléchissait.

Mais qu'il réfléchissait lentement.

Comme un vieux processeur 486 devant le calcul d'une grosse intégrale.

Un résultat finit par s'afficher :

– D'accord. Suivez-moi.

Ils montèrent des escaliers et entrèrent dans ce qui avait l'air d'être un bureau. Katerine déposa son petit sac Gucci sur un divan crasseux où un chien avait manifestement dû mourir peu de temps avant et attendit que l'homme fouille dans son bureau. Il finit par trouver ce qu'il cherchait. Il se releva et pointa un revolver vers Katerine.

C'était ça, le résultat de l'intégrale.

Avec un petit sourire en prime et des dents de fumeur en arrière-plan.

Et une remarque arrogante de quelqu'un qui avait dû avoir de l'influence dans une autre vie :

– Voilà. Maintenant qui est plus fort que qui ? il demanda.

Katerine n'avait jamais vu de véritable arme à feu. Seulement dans des films, mais ça devait être des copies. Toujours est-il qu'elle se rendit compte à quel point avoir un canon braqué sur sa poitrine pouvait être désagréable. Elle avait l'impression qu'un courant d'air glacé la traversait de part en part.

Elle en avait marre.

Tout ce qu'elle voulait, c'était être à poil dans un lit.

Avec Rosa.

Pas dans une maison pourrie de Berlin-Est avec un vieillard paranoïaque et armé.

Elle se concentra sur le revolver et pensa que si ce vieux se tirait une balle dans le pied, il lui parlerait certainement de Rosa.

Devant elle, l'homme pâlit. Ses lèvres se mirent à trembler, une série de vaisseaux capillaires apparurent et assombrirent le contour de ses yeux.

Ça faisait comme une éclipse.

Le bras qui tenait l'arme s'abaissa doucement, un coup de feu partit.

Quel boucan !

L'homme hurla et tomba au sol.

– Merde ! fit Katerine en se précipitant vers lui.

Elle l'aida à se relever et le conduisit vers le canapé couvert de poils de chien. L'homme était au bord des larmes.

– Je me suis tiré une balle dans le pied. Comment vous avez fait ça ?

Katerine lui enleva sa chaussure et sa chaussette. Il y avait du sang partout. Son pied était en mauvais état.

– Je vais appeler une ambulance.

– Non. Non. Pas d'ambulance. Je veux personne ici. Pas aujourd'hui.

– Bon, mais il faut arrêter le sang. Il faudrait des serviettes et puis vous devez mettre le pied en l'air.

Le vieux lui dit où se trouvait la salle de bains. Elle revint avec un paquet de serviettes à la propreté douteuse.

– Je suis certaine que Rosa vous arrangera ça.

– Mais qu'est-ce que vous lui voulez à Rosa ? gémit l'homme. Katerine sentit qu'il craquait.

– Je l'aime. Je suis amoureuse. Et elle aussi. C'est ça qui s'est passé à la clinique Heinz. Vous comprenez ? Nous sommes tombées amoureuses. L'une de l'autre.

– C'est ça, votre maladie ?

– En gros, oui.

– Vous n'avez aucun lien avec la CIA, la NSA, ou les Illuminati ?

– Je ne sais pas qui sont ces gens. J'aime Rosa.

– Mais vous êtes une... une fille.

– Ça n'a jamais empêché les gens de tomber amoureux. Comment vous la connaissez ?

– Je suis son père. Heinrich.

Maintenant qu'il le disait, Katerine lui trouva un air de famille. Une Rosa en plus vieux, plus mec et plus moche. Mais une Rosa quand même.

– Son père ? L'ancien flic de la Stasi. Elle m'a parlé de vous.

– Ah bon ?

– Oui. Elle m'a raconté toute sa vie, sa maman patineuse qui a disparu, son enfance dans l'imprimerie clandestine...

– Elle vous a parlé de tout ça. Vous la connaissez vraiment alors ?

– Mais oui. Dites-moi comment je pourrai la joindre.

Heinrich soupira et regarda sa montre.

– Elle va téléphoner d'ici une heure. Vous pourrez lui parler.

9

On l'avait bien dit

Fred et Paul avaient commencé par suivre le mouvement. Enfin, un des mouvements. Une bonne partie de la foule se dirigeait docilement vers l'itinéraire officiel devant les conduire vers le quartier du SE-36, eux suivaient les « durs » qui descendaient droit vers Friedrichstrasse et le Westin Grand.

Au milieu de la foule, le bruit était tel que Fred ne comprenait absolument rien à ce que Paul lui racontait. Il se contentait de hocher la tête et de suivre le mouvement.

Autour de lui, en rangs serrés, le même échantillonnage hétéroclite de l'univers altermondialiste, radicaux, sympathisants de la gauche, ouvriers, chômeurs en tout genre, étudiants, paumés, universitaires, anarchistes en noir, punks en rouge et vert. Un hélicoptère passait de temps en temps au-dessus d'eux. Chaque fois la foule levait le poing, sifflait ou faisait des bras d'honneur.

Depuis un moment, Paul essayait de lui dire quelque chose. Finalement, il dut crier dans l'oreille de Fred pour se faire entendre.

– Les types, là. Il lui indiquait trois hommes avec des bombers tagués.

– Quoi ?

– Ils ont des oreillettes. Regarde-les !

En regardant avec attention, Fred vit effectivement que chacun d'eux était équipé d'une discrète oreillette couleur chair.

– Des flics. J'en suis certain. Au Honduras, les flics en civil ont toujours des oreillettes. Faut pas les lâcher.

Paul sortit la petite caméra de son sac à dos et la garda en main, allumée, prête à filmer.

À mesure qu'ils s'approchaient de l'hôtel, on sentait la tension qui montait au sein de la foule des manifestants. On criait moins, les gens rentraient la tête dans les épaules, comme s'ils pressentaient ce qui allait se passer. Venus des rues adjacentes, des camions de police accompagnaient maintenant le cortège. À l'intérieur de chaque camion, on apercevait les silhouettes sombres d'hommes en uniforme antiémeute, casqués, visières baissées. Ça leur donnait un air inhumain qui glaça Fred. Paul le tira encore par la manche.

– Regarde ! Regarde ce qu'il fait ! Il lui indiquait un des types en bomber-oreillette. Ce type était en train de sortir discrètement un cylindre noir de sa poche.

– C'est une lacrymo. Ce type va balancer une lacrymo.

Paul n'avait pas eu le temps de relever sa caméra que le type, avec un beau geste de sportif qui a l'habitude, balança sa grenade droit devant lui. L'objet décrivit une jolie parabole vers l'avant du cortège et s'écrasa bien au-delà du regard de Fred.

– C'est parti, dit Paul. La guerre est déclarée !

Des cris leur parvinrent de l'avant du cortège. La foule fut parcourue d'un long frisson et pour une raison inexplicable, tout le monde se mit à courir vers l'avant. Fred et Paul suivirent le mouvement.

– Qu'est-ce qu'on fait ? Pourquoi on va vers l'avant ? Il y a des tonnes de flics là devant ! hurla Fred.

– On est là pour ça ! Pour montrer à tout le monde comment elle fonctionne la démocratie ! lui dit Paul qui courait avec sa caméra.

La foule partait dans tous les sens. À gauche, à droite, vers les rues perpendiculaires à Friedrichstrasse, mais la majorité continuait tout droit. Fred vit que des petits groupes s'attaquaient aux vitrines. L'hélico de la police était toujours là.

– Il va se passer quelque chose… pensa Fred. Quelque chose de terrible.

À peine cette pensée lui avait-elle traversé l'esprit qu'une série de sifflements stridents déchirèrent le ciel. À côté de lui, Paul l'attrapa par la manche et le tira sur le coté.

– Des lacrymos. Mets ton foulard et fais gaffe aux nuages de CS.

Des nuages grisâtres s'élevaient pile à l'endroit où ils se trouvaient un instant plus tôt. Fred vit un des chamans à tambour se rouler par terre en hurlant dans l'indifférence générale.

– Il va se débrouiller. Prends une photo !

Fred sortit l'appareil de son sac à dos.

– Merde ! Comment on l'allume ?

Il finit par trouver le bouton. Il prit la photo, ça avait l'air flou.

Des sirènes se mirent en route. Impossible de savoir d'où ça venait, d'autant que les alarmes de quelques voitures garées s'étaient mises en route quand une bande de filles en noir avaient fracassé les vitres.

Des mecs, plein de mecs, peut-être une centaine, casqués, gantés, armés de bric et de broc, battes de base-ball, barres en fer, matraques, nunchakus, foncèrent en sens contraire de la foule et commencèrent à distribuer des coups. Paul s'accroupit contre un mur et essaya encore de filmer mais la confusion était telle qu'il se résigna à remettre sa caméra dans son sac.

– C'est l'avant-garde de la police anti-émeute. Des flics en civil, des brutes, des vrais timbrés, des tueurs. Des mecs qui adorent t'ouvrir le crâne. Regarde, ça fout un bordel dingue, c'est exactement ça qu'ils veulent.

La manif n'avançait à présent ni dans un sens ni dans un autre. Des dizaines de personnes couraient en sens contraire, essayant sans doute de rejoindre un endroit plus sûr. D'autres, au contraire, s'armaient avec ce qui leur tombait sous la main ou avec ce qu'ils avaient sur eux. Fred vit briller quelques lames de couteau, des matraques, des petites bonbonnes de lacrymogènes d'autodéfense. Pas mal de gens restaient sur place, complètement perdus, certains le visage en sang, avec cet air hagard de petits enfants attendant leurs parents dans une cour de récréation. Un des flics en civil, un énorme type casqué, arriva sur eux en brandissant un pied de table dont le bout était couvert de sang. Paul se leva d'un bond et fonça tête baissée. L'effet de surprise fonctionna, l'homme tomba à la renverse pendant que Paul le rouait de coups de pied.

– Viens, on fout le camp, dit Fred en lui attrapant le bras.

– Je l'ai bien eu ce connard. J'espère que je lui ai pété la colonne vertébrale.

Fred se retourna et vit que l'homme se relevait et repartait cogner quelques manifestants. Les coups de pied de Paul lui avaient fait autant d'effet qu'une accolade. Fred ne dit rien à Paul, il ne voulait pas briser son bel enthousiasme.

Devant lui, Paul continuait d'avancer. Ce qui venait de se passer avait l'air de lui avoir donné confiance en lui. Fred suivait en rasant les murs et en surveillant le ciel du coin de l'œil, redoutant les salves de grenades CS qui tombaient au milieu de la rue avec la régularité d'une averse de mars. Les manifestants étaient un peu moins nombreux, mais ceux qui restaient avaient l'air plus décidés, plus durs et plus fâchés. Certains s'étaient mis torse nu et agitaient leur veste en direction des flics en uniforme qui ne se trouvaient plus qu'à une petite centaine de mètres, retranchés derrière une double série de chevaux de frise placés en urgence en travers de la rue. Ça ne ressemblait plus du tout à une manifestation pacifique. Un peu partout éclataient des batailles rangées avec les barbouzes en civil et certains altermondialistes avaient l'air de vouloir en découdre avec eux. Ça frappait sec, il y avait pas mal de gens à terre, des types balançaient vers l'avant toutes les grenades lacrymogènes qu'ils trouvaient, d'autres s'attaquaient aux vitrines blindées des magasins de luxe qui se succédaient sur Friedrichstrasse comme des perles sur un collier.

Fred regarda Paul en se demandant ce qu'il fallait qu'ils fassent.

– Faut pas qu'on fasse du surplace ! C'est exactement ce qu'ils veulent. Ça leur permet de s'organiser. Tous ceux qui restent sur place vont se faire embarquer et vont déguster dans les commissariats et dans les caves rénovées, sous le Reichstag, là où ils ont torturé Mika. On continue.

Fred regarda vers l'avant. Un horizon noir de flics. Il se dit que c'était de la folie, mais il n'avait pas envie de se faire arrêter. Il continua à suivre Paul sur quelques mètres avec l'impression d'être un veau que l'on conduit à l'abattoir.

Si ça devient trop dangereux, je fais le mort, il pensa.

Une longue plainte s'éleva alors de la foule. Pas vraiment des cris, plutôt un gémissement. Un gémissement de peur et de surprise. Devant Fred, Paul tomba à genoux et resta au sol en haletant.

– Qu'est-ce qu'il y a ?

À peine Fred avait-il posé la question qu'il sentit une brûlure sur son visage et une seconde après une formidable envie de vomir. Tout l'intérieur de son corps, son cœur, son foie, ses intestins, son estomac, se contracta et se relâcha. Alors que la douleur grandissait sur sa peau, il sentit qu'il pissait dans son froc. La panique gagna la foule, d'autres gens tombèrent, certains se tordaient au sol en se tenant le ventre. Fred se retrouva le nez sur le trottoir, à côté de Paul. Celui-ci était encore conscient.

– C'est quoi, ça ? dit Fred dans un hoquet de bile.

– Regarde là. Paul avait sorti sa caméra et la tenait d'une main tremblante.

Fred vit deux camions militaires surmontés d'antennes paraboliques.

– Des micro-ondes. Ces salauds de fascistes emploient des micro-ondes.

Paul essaya de mettre la caméra en route. Sans succès.

– Elle est morte, cette caméra. Ces trucs bousillent les gens et les appareils électroniques. Il faut foutre le camp.

Paul se mit à ramper, comme un ver, dans la pisse et dans la gerbe qu'avaient laissées là une dizaine de mecs de Greenpeace qui les précédaient. Fred le suivit. Ils allaient tenter de prendre la tangente par les petites rues.

10

Pour ne pas que ça s'infecte

Le pied d'Heinrich avait arrêté de saigner. Katerine était allée plusieurs fois rincer son pansement pour nettoyer la plaie, puis elle l'avait emballée avec un morceau de drap sec. Il ne fallait jamais qu'une blessure soit humide, on risquait la gangrène, elle avait vu ça dans *Délivrance* de John Boorman.

C'était un film violent.

Des types édentés qui enculaient des touristes obèses.

Dans les bois.

Elle n'avait pas aimé.

D'après Heinrich, qui avait un peu repris des couleurs mais était toujours allongé sur le canapé au milieu des poils de chien, Rosa allait appeler dans moins d'un quart d'heure. Restait à attendre et à passer le temps. Katerine regardait une pile de livres avec perplexité.

– Comment vous avez fait ça ? demanda le vieil Allemand en indiquant son pied.

– Je ne sais pas exactement. J'arrive à faire des trucs étranges, des trucs vraiment bizarres, ces temps-ci.

Heinrich fut à nouveau pris par une de ses horribles quintes de toux.

– De la magie. Vous devriez faire attention. En Allemagne, les sorcières ont toujours été mal vues. Au XVIIe siècle, un de nos bons juges, un certain Carpsaw, en a fait griller près de trois mille.

– Quelle horreur !

– À ce moment déjà, c'était de la politique. Un pouvoir contre un autre. La sorcellerie, c'est un contre-pouvoir. La sorcière : une contre-église, féminine, en plus. Les bûchers c'était la peur d'un monde qui se désintégrait. Marx l'avait compris : les poussées épidémiques de sorcellerie sont l'indice de mutations sociales, de périodes d'articulations historiques…

Katerine regarda sa montre. Elle n'aimait pas les cours d'histoire. Elle jeta un coup d'œil à un tas de magazines. Rien que des trucs en allemand. Elle se résolut à écouter le vieux Heinrich.

– C'est peut-être pas une coïncidence de vous voir ici et maintenant… ça ferait un bon film. La bourgeoise qui a des pouvoirs magiques et qui devient l'élue qui débarrassera le monde des forces du mal. Tout le monde l'attend parce qu'une prophétie en parle.

– Comme Neo dans *Matrix*.

– Connais pas.

Katerine commença à essayer de lui raconter l'histoire de *Matrix*, mais elle sentait qu'elle s'emmêlait les pinceaux. Heinrich l'arrêta.

– Écoutez, de toute façon, ici ce n'est pas un film. Il n'y a pas de prophétie. Il n'y a rien que de la… politique. La politique, c'est ça, la vraie sorcellerie.

Katerine soupira, c'était un peu décevant, elle avait toujours bien aimé les histoires de prophéties... Elle se dit que de toute façon un vieux paumé comme ça ne devait pas comprendre grand-chose aux délicats rouages des univers magiques. Elle regarda la pluie battre les vitres sales. Il fallait absolument qu'elle lance le croûton sur un sujet plus amusant que son obsession de la politique.

– Si vous me parliez de Rosa. Je veux dire quand elle était petite et tout ça...

Heinrich haussa les épaules :

– Tout aurait pu être différent pour elle, vous savez. Elle aurait pu avoir une enfance normale. Elle aurait pu être une petite fille heureuse s'il n'y avait pas eu... la politique.

Katerine hocha la tête pour l'encourager à en dire plus. Heinrich se redressa en grimaçant.

– Si vous voulez comprendre qui est Rosa, vous devez comprendre comment la politique nous a détruits. Comment des gens sont rendus malades par le pouvoir et comment, au-dessus des gens qui ont du pouvoir, il y en a d'autres qui en ont encore plus et que tout ça, ça fait une belle collection de malades. De fous dangereux, vous comprenez.

Pour éclaircir son propos, Heinrich mima avec son doigt le geste de mélanger quelque chose. Katerine hocha encore la tête.

– Moi, j'étais un petit flic. Un bon petit flic de la Stasi, la police politique est-allemande. C'était la grande époque, les années soixante-dix, les patrons devenaient dingues parce qu'ils avaient découvert que tout le long du mur, à Berlin-Ouest, les Occidentaux avaient mis des systèmes d'écoute. Plus de trois cents antennes, plusieurs centres de communication cachés dans des ministères, dans des caves de gares ou dans le fond des postes et des systèmes de relais transatlantique planqués dans des forêts de Bavière mais aussi à Harrogate, en Angleterre, à Edzelf en Écosse ou bien à Chypre. Un fameux système croyez-moi, bien organisé. Ils appelaient ça le système « Échelon ». Avec Échelon, ils captaient tout : toutes les informations transmises par satellite ou faisceau directionnel, par câbles de cuivre, par fibres optiques, par réseaux souterrains, les impulsions radar, les signaux télégraphiques et, évidemment, les communications téléphoniques. Berlin était un endroit rêvé pour écouter le bloc de l'Est, c'est une zone assez plate, pas de montagnes jusqu'assez loin en Russie. C'était parfait. Moi, je devais faire du repérage et du sabotage. J'étais bon, efficace, discret. J'avais la conviction de travailler pour une cause qui en valait la peine. La cause du peuple. Vous voyez...

Heinrich grimaça.

– Vous avez mal ?

– J'ai un trou dans le pied. Vous pouvez me rouler un joint ? il y a tout ce qu'il faut dans le tiroir.

Katerine prit le papier, le tabac et le petit bout de résine de cannabis.

– C'est la première fois... Je ne sais pas comment faire...

Heinrich sourit et entreprit lui-même l'opération.

– Et puis, qu'est-ce qui s'est passé ? Rosa m'a parlé de sa mère...

Le visage de l'Allemand s'éclaira une seconde.

– Sa mère. Elle s'appelait Monica. Elle venait de Pologne. Je l'ai rencontrée parce qu'on devait surveiller la délégation polonaise de patinage artistique qui venait pour une compétition entre différents pays socialistes. Elle avait. Elle était… Attendez…

Heinrich prit une photographie et la montra à Katerine.

– Elle est très belle.

– Et en plus elle avait ce… magnétisme. Vous voyez. Le genre de fille où vous n'avez pas le choix, soit vous passez votre vie avec elle, soit vous mourez…

– Comme Rosa.

Heinrich hocha la tête.

– Elle ressemble à sa mère. C'est vrai. Alors vous comprenez à quel point je l'ai aimée. À quel point je l'aime encore.

– Je comprends.

– J'ai tout fait pour la séduire. J'étais là le matin, j'étais là à l'entraînement, je la sortais le soir, je l'emmenais au théâtre, on allait au concert. Grâce à mes contacts, j'avais réussi à avoir deux places pour un concert de Dang Thaï Song qui venait de gagner le concours Chopin à Varsovie. Deux heures de Chostakovitch. Après deux heures de Chostakovitch on se sent différent, glacé, romantique. Ça m'a donné du courage. C'est après ça qu'on s'est embrassés et on ne s'est plus quittés.

– Vous vous êtes installés ensemble ?

– Oui. Ça n'a pas été facile. On a dû montrer patte blanche, j'ai encore dû faire jouer mes contacts pour convaincre les Polonais de la laisser vivre avec moi, à Berlin. Ils ont été d'accord à condition qu'elle rentre une fois par mois à Cracovie pour une « remise à niveau » et qu'elle représente la Pologne dans l'équipe des Jeux olympiques. On a vécu comme ça deux ans. Elle est tombée enceinte, les responsables du comité de patinage polonais sont devenus hystériques et Monica leur a promis de revenir à la compétition après l'accouchement... Et c'est ce qu'elle a fait.

– Et elle était aussi douée qu'avant ?

– Elle était encore meilleure ! Comme si le fait d'avoir une petite fille lui avait donné des ailes. Elle gagnait les tournois avec un naturel incroyable. Elle enchaînait les triples axels, triples Salchow en souriant, comme si elle faisait sauter des crêpes. Son nom commençait à circuler un peu partout. Elle était en train de devenir célèbre. C'est ça qui l'a tuée.

– Je ne comprends pas.

– Elle a attiré leur attention.

Le visage déjà marqué d'Heinrich se creusa encore un peu plus.

– L'attention de qui ?

– Des vrais grands chefs. Du vrai grand pouvoir. Des proches d'Erich Honecker, des proches de Gunter Mittag et de Joachim Hermann. Ces gens sentaient que le vent était en train de tourner. Egon Krenz commençait à montrer les dents. On sentait que le système d'Honecker allait se casser la figure, mais ils étaient encore au pouvoir.

– Je ne connais pas grand-chose à la politique.

– Vous connaissez le cinéma. Vous avez vu *Les 120 jours de Sodome* de Pasolini ?

Katerine se souvint avoir vu un jour le début du film sur Arte. Fabio avait voulu regarder parce que c'était un film italien, mais ils avaient éteint la télé au moment de la scène où une jeune fille est forcée de manger de la merde à la petite cuillère. Heinrich continuait :

– Les sadiques de la République de Salo, c'était ça. La conjonction de deux choses : le pouvoir absolu et la proximité de la fin de ce pouvoir... C'est un sale mélange, ça met la pression sur le petit truc qui a pourri dans votre esprit quand vous étiez au pouvoir. Et ce petit truc pourri se met à vouloir jouir du pouvoir. Jouir au sens propre. Jouir sexuellement. Dans la chair des gens que vous dominez encore, mais que vous ne dominerez plus longtemps. Exercer son pouvoir dans la chair des gens, vous voyez, c'est sentir qu'on en a vraiment du pouvoir. C'est autre chose que d'infléchir les politiques économiques d'un État socialiste.

– Qu'est-ce qui est arrivé à Monica ?

– La qualité de votre jouissance va dépendre de la personne sur qui le pouvoir sera exercé. Monica était une perle, un trésor. Une rareté. La jouissance parfaite en perspective.

– Et alors ?

– Un jour, elle n'est pas rentrée à la maison et je suis devenu dingue. J'ai cherché comme un fou. J'ai fait jouer toutes mes relations, même les pires, toutes les crapules que je connaissais et j'ai fini par trouver une vague piste, un mince fil que j'ai remonté, pendant des semaines et j'ai fini par retrouver Monica.

Enfin, disons que j'ai trouvé son image, une cassette vidéo.

Heinrich alluma le joint, tira une bouffée et demanda un verre d'eau que Katerine lui apporta.

– Je vais vous dire le plus précisément possible ce qu'il y avait sur cette cassette : c'était pas très exotique. Pas beaucoup d'imagination. Pas très original. C'était juste… horrible. De l'horrible absolument classique. De l'horrible absolu. Monica était torturée, de toutes sortes de manières. Et puis elle était violée par plusieurs hommes et par des femmes. Celui qui avait pris les images avait pris soin de filmer régulièrement son visage et lui posait des questions. Si elle savait qu'elle allait mourir, si elle savait ce qu'on allait encore lui faire. Après ça, elle était exécutée. À l'ancienne, avec un garrot. Voilà. Je ne sais pas comment j'ai fait, mais j'ai survécu à ça.

Katerine ne savait pas quoi dire.

– C'est alors que vous êtes devenu un… clandestin.

– En quelque sorte. Disons que j'ai commencé à organiser ma propre résistance. J'avais l'intuition que ce qui était arrivé à ma femme n'était pas quelque chose d'inédit. J'ai voulu comprendre comment fonctionnait le monde, le pouvoir, comment tout s'agençait. Pour Monica, pour Rosa. Ce que j'avais découvert dans ma petite enquête c'était que l'Est et l'Ouest c'était une vaste blague. Quelque chose qui occupait les gens, de la fiction. Que derrière tout ça s'organisait le vrai pouvoir. Un pouvoir terrible qui se servait par exemple d'Échelon pour écouter aussi bien l'Ouest que l'Est, un pouvoir qui savait depuis longtemps que la maîtrise et la collecte de l'information sont sa meilleure garantie pour durer. C'est contre ça que je me bats. Et c'est contre ça que Rosa se bat aujourd'hui, avec des milliers d'autres dans la manifestation... J'étais inquiet, mais elle a insisté pour y aller...

Au moment où Heinrich tirait une nouvelle bouffée, le téléphone sonna.

– C'est Rosa ! dit-il.

Il se leva et alla décrocher en boitillant.

11

Il faut savoir s'arrêter

– Ça va pas ! avait dit Paul. Putain, ça va pas bien ! Pas bien du tout !

Ils étaient parvenus à quitter l'artère principale et ils avaient rampé dans une rue avec une cinquantaine d'autres éclopés qui, comme eux, venaient de se voir réchauffer l'intérieur par les micro-ondes. Personne n'avait l'air de s'en remettre. Une fille avec un tee-shirt *Monsanto vous tue ! Génocide à la banane transgénique* était prise d'une véritable crise de nerfs, elle hurlait à n'en plus finir en se tenant la tête à deux mains. Son copain, un gros roux qui portait le même tee-shirt, essayait de la calmer.

– J'ai l'impression que ça m'a bousillé des trucs dans le ventre ! fit Paul qui s'était accroupi contre le volet baissé d'un magasin d'informatique.

Fred n'était pas non plus en grande forme, après avoir pissé dans son froc, il commençait à redouter d'y lâcher quelque chose de plus conséquent.

– Faudrait appeler Mika et sa copine infirmière. Si elle nous donne pas quelque chose, on ne pourra jamais continuer, dit Fred en serrant les fesses.

Paul eut l'air de réfléchir. Fred se doutait que téléphoner à Mika et Rosa équivalait pour lui à l'aveu d'un échec. Une crampe plus aiguë que les autres sembla l'aider à se décider. Il prit le portable freaké d'Heinrich et composa le numéro. Il expliqua la situation et raccrocha.

– C'était Mika. C'est trop risqué pour elle de venir jusqu'ici. Si Kristine et Pierre ont besoin d'aide, elles seront trop loin. Elle propose qu'on les rejoigne devant le palais de la République. Les gens de Renouveau agricole leur prêtent un lit de camp dans leur tente.

La perspective de devoir faire le chemin en sens inverse n'était pas réjouissante, mais celle de rester sur place et de se faire cueillir par les brutes en civil qui n'allaient pas tarder était encore pire. Ils se relevèrent, ils avaient la tête qui tournait, ils avaient l'impression d'avoir un aquarium d'eau de mer en ébullition dans le ventre. Fred finit par vomir, puis Paul. Du vomi jaunâtre et épais qui brûlait la gorge.

Fred voyait tout flou.

Il sentait qu'il dégageait une odeur de pisse et de vomi.

C'était dégueu.

Porté par des courants d'air, du CS venait leur cramer les yeux.

Ils ne marchaient plus droit.

Ils remontèrent malgré tout, évitant soigneusement Friedrichstrasse d'où leur parvenait le bruit strident des sirènes de la police. Fred se sentait comme Walter Bonatti la nuit avant qu'il atteigne le sommet du K2. Fred eut l'impression que tout ça prenait des heures. Il faillit dire à Paul de l'abandonner là, contre la devanture d'un marchand de dürüm, mais il n'arrivait même plus à prendre de décision. Finalement, miraculeusement, ils arrivèrent.

Épuisés.

Nazes.

À bout.

Fred avait la conviction qu'il allait mourir dans les prochaines vingt-quatre heures, il s'y était résigné mais il voulait juste que cela soit sans trop de souffrance.

– Merde ! dit Mika en se bouchant le nez. Qu'est-ce qu'on vous a fait ?

Mika et Rosa les installèrent sur les lits de camp. Un jeune Espagnol de Renouveau agricole les observait avec curiosité. Paul expliqua ce qui s'était passé avec les micro-ondes.

– Il faut boire beaucoup, dit Rosa en leur tendant à chacun une bouteille d'eau minérale. Il n'y a rien d'autre à faire. Les micro-ondes chauffent les molécules d'eau. Il y a des chances pour que vous soyez déshydratés.

– Je bois pas, avait dit Paul. Si je bois, je pisse et j'ai mon infection.

– Si tu ne bois pas, tes reins vont ressembler à un égout qui se bouche dans moins d'une heure, on t'a déjà fait une dialyse ? lui avait doucement demandé Rosa.

Ça l'avait convaincu. Il avait bu.

– On a des nouvelles de Pierre et Kristine ? avait demandé Fred qui se sentait doucement revenir à la vie.

Mika gardait son téléphone en main.

– Rien.

– Paraît que ça a chauffé aussi chez eux, dit l'Espagnol de Renouveau agricole, j'ai ma copine qui est partie avec un groupe de rock écologiste qui vient de m'appeler.

– Faudrait prendre de leurs nouvelles, proposa Paul.

Mika essaya de téléphoner à plusieurs reprises. Sans résultat.

– C'est pas normal. Ils devraient répondre.

– Avec le bruit, ils n'entendent peut-être pas la sonnerie, fit Fred sans croire vraiment à ce qu'il disait.

Mika hocha la tête.

– Les téléphones sont sur vibreur. Ça fait cinq fois que j'essaye. C'est pas normal.

Une fille tenant un mouchoir ensanglanté sur son nez fit irruption dans la tente.

– Lala ! dit l'Espagnol en se précipitant sur elle.

Ladite Lala, la copine de l'Espagnol, était française. Elle arrivait à l'instant du cortège officiel où « ça avait chauffé ».

– Tout se passait bien et puis, je ne sais pas comment, ça a merdé du côté de l'arrière du cortège.

Fred revit les images des flics en civil balançant des grenades lacrymogènes pour faire déraper la manifestation.

– Alors, on a reçu des grenades lacrymogènes et les flics ont chargé et frappé sur tout le monde. C'est à ce moment que j'ai reçu un coup de matraque. Je crois que j'ai le nez cassé. Il est cassé, tu crois ?

– Je ne sais pas. Faudrait que ça arrête de saigner…

– Je t'assure, si ce con m'a cassé le nez, j'en parlerai à mon père, il est avocat…

– Et puis, qu'est-ce qui s'est passé après ? l'interrompit brusquement Mika.

– Après, moi et quelques autres on a réussi à foutre le camp, mais apparemment ça ne leur suffisait pas qu'on dégage et ils se sont mis à arrêter plein de gens et à les embarquer dans des camions. Les gens couraient dans tous les sens. J'ai entendu des coups de feu.

– Comment tu peux être certaine que c'étaient des coups de feu et pas des pétards ?

– Parce que, avec ce qui se passait, personne n'avait la tête à lancer des pétards. C'étaient des coups de feu. Mais c'est pas le plus grave parce qu'après, j'ai vu un truc incroyable : un des hélicoptères a lâché une espèce de filet…

– Un filet ?

– Oui, mais en plus grand. Vraiment énorme, la surface d'un terrain de foot. Et ce filet est tombé sur les gens. Un type qui était avec moi a juste réussi à l'éviter, il m'a dit qu'il y avait des hameçons dans ce filet, il avait la main ouverte, il m'a montré.

– Une variation de la mine « Fishook », dit Paul. Les Américains s'en sont servis dans les années quatre-vingt-dix en Somalie. Plus vous vous débattez, plus vous vous amochez.

– Vous croyez que Kristine et Paul sont là-dessous ?

– Il n'y a plus personne en dessous, dit Lala. Tout le monde s'est fait embarquer. Des dizaines et des dizaines de personnes. Je me demande où ils vont les emmener, ils n'auront jamais de commissariat assez grand.

– Moi je sais où ils vont, dit Mika en serrant les dents. Je savais que ça allait servir !

– Où ça, Mika ? demanda Paul en se relevant, comme s'il était prêt à en découdre.

– Dans les caves du Reichstag. Là où ils m'ont emmenée. Je l'avais dit qu'ils allaient s'en servir.

Fred trouva que la situation ressemblait à un long cauchemar :

– Mais qu'est-ce qu'on va leur faire, là en dessous ?

Mika mit sa veste et son bonnet.

– On va leur faire mal et on va leur faire peur. C'est l'ABC de l'intimidation. Il faut qu'on y aille !

– Il faut que j'appelle mon père, dit Rosa. Ça devient trop sérieux !

12
La joie des retrouvailles

Quand Rosa raccrocha, elle avait un drôle d'air. Au téléphone, elle avait commencé à parler tout bas, elle s'était passé plusieurs fois la main dans les cheveux, signe selon les notions de psychologie féminine de Fred d'un « grand dilemme intérieur ». Puis elle avait rangé le portable dans sa poche et elle les avait regardés. À voir la couleur de ses joues, elle avait d'un coup très chaud.

– Mon père dit que quelqu'un va venir nous aider.

Paul eut l'air énervé par ce contretemps :

– Qui ? Un ami à lui ?

– Non, plutôt une amie à moi.

– Une amie à toi ? Et qu'est-ce qu'elle va pouvoir faire pour nous aider à aller jusqu'au Reichstag ?

Fred sentit revenir la mauvaise humeur psychopathologique de Paul et il se souvint de l'après-midi maudit avec la lémurienne. Il pria pour qu'il ne perde pas les pédales. Pas maintenant.

– Je ne sais pas. Mon père avait l'air assez sûr de lui. Il allait la conduire jusqu'ici.

– Ça va être facile, avec les rues barrées.

– Mon père saura se débrouiller. Croyez-moi.

Ils attendirent. Fred et Paul durent se lever du lit de camp pour laisser s'asseoir Lala dont le nez saignait toujours. Fred dut s'asseoir par terre, dans un coin. Avec l'humidité, son pantalon ne séchait pas. Il sentait que la toile de jean mouillée lui irritait la peau.

Ses couilles le démangeaient ferme.

Il allait droit à l'infection s'il ne se changeait pas rapidement.

Ce serait le bouquet.

Moins d'un quart d'heure plus tard, un très vieux modèle de Volkswagen, de couleur indéfinissable, s'arrêtait devant la tente. Heinrich entra en boitant. Son pied enveloppé dans un grand morceau de drap.

Il se passa ensuite une série de choses dont la succession dura moins de trente secondes mais dont l'importance impose le ralenti :

• Katerine vit Rosa et eut l'impression que son cœur recommençait à battre après un arrêt de plus d'une semaine. C'était une chouette impression, comparable à un lever de soleil après une nuit polaire, quand la faune et la flore des régions arctiques sentent venir la grande fête du printemps. Elle sourit.

• Fred vit sa cousine, mais la surprise était telle qu'il ne comprit pas tout de suite que c'était sa cousine. En revanche un niveau inférieur de sa conscience, situé près du bulbe rachidien, comprit de qui il s'agissait et déclencha un mouvement réflexe d'affaissement de la mâchoire inférieure. L'espace d'un instant, Fred ressembla à un lama à la fin d'une longue journée passée en altitude. Il dit juste : « hein ». Ça tomba à plat.

• Katerine vit son cousin et ça ne l'étonna qu'à moitié de le voir paumé et crasseux dans une manif d'extrême gauche. Malgré tout, elle trouva que c'était quand même une fameuse coïncidence. Du coup, elle repensa qu'il y avait peut-être bien une prophétie dont elle était un élément central. Une seconde plus tard, cependant, elle n'y pensait plus et elle resouriait à Rosa.

• Fred referma la bouche et se rendit compte que la belle fille, hyper sexy, qui venait vers lui était sa cousine. Qu'est-ce qu'une bourge comme elle pouvait bien foutre là, avec Heinrich et un petit sac Gucci ? La probabilité de la voir là devait être équivalente à celle de voir apparaître des protozoaires dans le bouillon terrien primitif, il y avait quatre milliards d'années. Cela dit, les protozoaires étaient bien apparus sur terre, alors pourquoi pas sa cousine sous la tente d'Alternative agricole ?

• Rosa comprit que Katerine connaissait Fred. Mais elle s'en foutait. Ce qui la préoccupait c'était comment son père avait fait pour mettre son pied dans cet état. Et puis est-ce que c'était grave. La vie lui avait appris que pour survivre, il fallait rester calme. Elle resta calme.

• Fred demanda à sa cousine : « Mais qu'est-ce que tu fais là ? »

• Paul demanda à Fred : « Tu la connais ? » Mais, au fond, Paul s'en foutait.

• Rosa demanda (calmement et en allemand) à son père : « Ça fait mal ce que tu as au pied ? il va falloir que je regarde. »

• Mika demanda à Heinrich (avec une pointe d'ironie que personne n'entendit mais qui aurait pu trahir une goutte de jalousie) : « Elle va pouvoir nous servir à quoi, la demoiselle ? »

• Katerine demanda à Rosa : « Et moi, je t'ai manqué ? »

• Heinrich demanda en indiquant sa blessure comme justificatif : « Je peux m'asseoir un moment ? Je vous explique après, mais on n'a pas trois ans, hein ! »

Heinrich s'était donc assis. Il avait toussé, ce qui avait eu comme effet de faire battre Lala en retraite. Comme il avait tout le lit de camp, il s'allongea et expliqua comment, selon lui, Katerine pourrait les aider. Quand il eut terminé, il demanda si quelqu'un avait un joint histoire de soulager un peu son pied.

Mika demanda (toujours avec cette pointe d'ironie dans la voix, mais qui, cette fois, aurait pu trahir la peur de voir un ami devenir dingue) :

– Heinrich, tu dis que cette fille sait faire bouger des trucs à distance ?

– Ja !

– Je confirme, dit Fred. Je l'ai vue faire voler un pot de fleurs sur une terrasse.

– Je veux voir, dit encore Mika.

Katerine chercha des yeux quelque chose pour la démonstration. Elle choisit une pancarte en bois et carton avec écrit *Larzac 73-2003, Trente années, un combat !* Elle se concentra, elle commençait à avoir l'habitude et, après un instant, la pancarte s'éleva doucement dans les airs et plana horizontalement jusqu'à Mika.

– Ben merde ! dit Paul en brisant le silence qui suivit.

– Comment... Pourquoi tu ne m'as rien dit de... ça ? lui demanda Rosa.

– On s'en fout ! dit Heinrich depuis son lit. Moi je dis que cette fille c'est notre arme. C'est tout. Je ne sais pas ce qu'il vous faut de plus que les micro-ondes ou le gaz CS pour vous convaincre que c'est la guerre et qu'il y a deux d'entre nous entre les mains de l'ennemi. Mika, tu sais aussi bien que moi ce qui va se passer et tu sais très bien ce que feront Pierre et Kristine si on n'agit pas très vite.

Fred se dit que le cauchemar continuait de plus belle.

– Le cyanure !

Rosa se tourna vers Katerine et remarqua d'un ton grave :

– Écoute, tu n'es pas obligée de nous aider. C'est notre combat, c'est notre guerre. Si tu viens avec nous ça peut être dangereux. Je veux que tu le saches.

– Si je n'y vais pas, tu iras seule, je veux dire seulement avec eux. Il n'y aura personne pour te protéger comme je pourrais le faire. Je viens avec vous.

– Écoute, moi je ne sais pas si... Il s'est passé des choses, mais c'est peut-être à mettre sur le compte de la dissociation... Moi aussi j'ai senti certaines choses, mais je ne sais pas si je...

– Ne dis rien… ça ne sert à rien. Pour l'instant je viens avec toi, je ne te demande rien en retour. Seulement, peut-être, que tu réfléchisses quand les choses – Katerine regarda autour d'elle – seront plus calmes.

Rosa avait l'air un peu dépassée par ce qui était en train d'arriver. Elle lâcha :

– D'accord, viens, alors.

Paul piaffait devant l'entrée de la tente :

– Bon, si les gouines sont d'accord, on fonce. On peut prendre la voiture ?

Heinrich fit signe qu'il s'en foutait éperdument.

Ils foncèrent.

13

À deux doigts

Rosa conduisait. Elle avait dit qu'elle connaissait la voiture et les rues de Berlin mieux que personne. Katerine s'était débrouillée pour s'asseoir à côté d'elle, le reste de la bande, Mika, Fred et Paul, s'entassait derrière, au milieu des vieux journaux, des emballages de bouffe et des vieux mouchoirs... Le genou de Fred touchait celui de Mika, c'était chaud, Fred rebandait malgré la cuisson de ses organes internes par les micro-ondes et son irritation naissante. Il laissait sa main bien en évidence le long de sa jambe des fois que Mika ait envie de la lui prendre. On ne savait jamais, ça ne coûtait rien d'essayer.

Au moment où ils avaient démarré, Rosa avait demandé ce qu'ils comptaient faire une fois qu'ils seraient devant le Reichstag, comment ils comptaient faire pour entrer, si quelqu'un savait où étaient les caves, comment faire pour y arriver, quoi faire une fois qu'ils y seraient. Personne n'avait rien dit, sauf Mika, après cinq minutes de réflexion :

– On verra bien.

Fred trouva que comme plan, c'était un peu léger, mais il ne dit rien. Il était encore sous le choc de tout ce qui venait de se passer, de toute cette violence qui lui apparaissait comme complètement hors de proportion, il revoyait les images de ces flics en civil tabassant les manifestants, il revoyait le visage des gens qui avaient reçu du gaz CS dans la figure, il revoyait le regard paniqué de la fille touchée par les micro-ondes. Et puis sa cousine qui avait débarqué dans la tente, qui était apparue comme la Vierge à Bernadette Soubirous, tout auréolée de lumière et de son divin sex-appeal pour refaire son numéro de télékinésie avec le naturel de quelqu'un qui se cure le nez. C'en était trop pour Fred et pour les mouches qu'il avait dans la tête, il commençait à avoir la migraine, ses yeux lui donnaient l'impression d'être deux morceaux de papier aluminium froissé. Il fallait qu'il parvienne à se détendre. Il regretta l'échec de sa branlette de la veille.

La circulation était fluide. Avec la manifestation, la plupart des gens avaient pris un congé ou étaient partis travailler en métro. Du coup, à Berlin, on avait l'impression d'être un dimanche. Et puis, Rosa connaissait effectivement bien la ville. Elle évita prudemment les grands axes, grouillant encore de policiers et de manifestants égarés, et elle préféra un parcours sinueux à travers les rues trempées de la ville. En un quart d'heure, ils arrivèrent. Rosa se gara prudemment à une centaine de mètres du pont de Willy-Brandt-Strasse.

Ils marchèrent. Devant eux ils voyaient le chef-d'œuvre de Norman Foster, le dôme du Reichstag, un bijou cristallin de trois mille mètres carrés avec, en son centre, un cône de miroirs géants. Cette volonté de transparence voulue par l'architecte contrastait avec ce qui se passait à quelques mètres. Une longue série de camions de la police les dépassèrent, toutes sirènes hurlantes avant de s'engouffrer dans une rue bordée d'arbres dénudés par l'automne. Rien de transparent là-dedans, les chaussettes sales de la démocratie.

– C'est eux, dit Mika en montrant les camions.

Fred n'arrivait pas à détacher son regard du Reichstag, cet amas de béton et de frises en plâtre qui incarnait toutes les convulsions de l'Allemagne et du monde au XXe siècle.

– Ils vont dans le parc, pas au Reichstag.

– Le réseau de caves est énorme. Des kilomètres carrés. Tu penses qu'ils ne vont pas rentrer par la grande porte. C'est le Parlement quand même. Les espaces qu'ils ont aménagés se trouvent sous le Tiergarten, ce grand parc, en tout cas c'est là que je me suis retrouvée quand ils m'ont laissée partir.

– Et l'entrée, elle est où alors ?

Mika haussa les épaules en indiquant la route qu'avaient prise les camions.

– J'en sais rien, moi. On n'a qu'à aller voir.

Tout le monde commençait à être crevé. Ils étaient en route depuis l'aube, il faisait un temps sinistre et ils avaient faim. À cent mètres à peine, Fred apercevait le toit coloré d'un marchand de saucisses pour touristes. De là où il était, il avait l'impression de pouvoir en sentir l'odeur. Devant lui, les autres entraient déjà dans le parc. Une fois de plus, il se sentit seul et minable, loin du monde des humains. Il ne voulait pas y aller, il voulait manger une saucisse. Il voulait changer de froc. De toute façon, ils n'auraient pas besoin de lui. Sa cousine se retourna et lui fit signe de se dépêcher.

Il se dépêcha.

Quand il arriva à leur hauteur, Paul lui montra ce qui se passait un peu plus loin.

Les camions de flics s'étaient garés devant une grosse construction de béton, pur style néoclassique, mauvais goût rococo certifié, qui avait dû connaître des jours meilleurs : des grillages bouchaient les fenêtres, le toit avait l'air en mauvais état et la façade pelait misérablement. Les hommes en uniforme anti-émeute faisaient descendre les grappes de manifestants. C'était pas mal chaotique. Des types et des filles chantaient des airs des Brigades internationales, d'autres crachaient sur les uniformes et, de leur côté, les uniformes n'y allaient pas de main morte : ils plaquaient les plus agités au sol, ils leur tordaient les bras à la limite de la résistance des articulations et leur passaient des menottes en plastique blanc. Zip ! Zap ! Ils avaient la technique, les uniformes.

À voir les visages où se mêlaient le bleu et le rouge, ça avait déjà dû cogner pas mal dans les camions. Les flics se démenaient au milieu des cris, des insultes, des crachats et des coups pour faire entrer tout ça dans la grande maison. Fred se dit qu'il n'aimerait pas être à la place de Pierre et Kristine, Dieu sait ce qui allait leur arriver à l'intérieur. Mika renifla, pareille à un petit chat qui sent une mauvaise odeur.

– Ils vont déguster ! Les Illuminati ont dû donner des ordres, histoire de leur faire passer l'envie de manifester, comme ils ont fait à Gênes quand ils ont torturé des étudiants sous le portrait de Mussolini.

– Ils ont du culot. Cette maison, c'est le T4, dit Rosa. C'est incroyable qu'ils se servent encore de ces bâtiments !

Pour Fred, voir Rosa et sa cousine côte à côte, dans ce parc aux couleurs de l'automne, ça lui faisait penser à une couverture de *Elle* : deux top models auxquels le photographe aurait demandé de prendre un air de filles à la beauté farouche qui se foutent de mettre de la boue sur leurs chaussures Giuseppe Zanotti.

Paul avait pissé contre un arbre. La douleur lui avait arraché des larmes :

– C'est quoi T4 ? hoqueta-t-il, histoire de rester dans le coup.

– C'est le nom de code du Tiergarten Strasse 4, c'est là que des équipes de médecins nazis ont mis au point le programme 14f13 au milieu des années trente. L'euthanasie, le meurtre de dizaines de milliers de « déficients mentaux » et d'handicapés. C'est là qu'ont été mises au point certaines des techniques qui allaient être employées plus tard dans les camps.

– Les nazis étaient comme les Illuminati, ils ne pouvaient pas supporter les faibles. Ça ne m'étonne pas que l'endroit leur ait plu.

– Mais pourquoi les gens ne peuvent-ils pas vivre ensemble tout simplement en paix ? lança Katerine. Personne ne répondit à sa question pleine de bon sens. À l'instant où elle l'avait posée, Kristine et Pierre étaient descendus des camions.

Ils n'avaient pas l'air bien. Surtout Pierre, d'ailleurs, qui avait son visage des mauvais moments, comme lorsqu'il était à deux doigts de faire une réaction allergique. Fred se dit que si ça venait à se produire, personne n'aurait le temps de lui faire son injection, qu'il crèverait là, entre deux flics, et que ça ferait une belle mort de héros. Une mort un peu conne, mais une mort de héros. Kristine était grise, elle lançait tout autour d'elle les regards désespérés d'une limande sur le pont d'un chalutier, son visage et ses mains étaient parcourus de dizaines de petites coupures, sans doute provoquées par le Fishook qui les avait immobilisés une demi-heure plus tôt.

– Il faut faire quelque chose, dit Paul.

Fred regarda Paul et puis les dizaines de policiers armés qui organisaient l'entrée des manifestants dans les bâtiments du T4, il se demanda s'il rigolait. Fred se rappela alors que Paul n'avait jamais eu d'humour. Avec un mélange de curiosité et d'autoapitoiement, Fred attendit qu'il propose quelque chose. Paul se gratta le bas-ventre et se tourna vers Katerine.

– Il n'y a que toi. Je ne vois que ça. Fais quelque chose maintenant.

Katerine se mordit la lèvre. La situation lui rappelait vaguement l'examen de micro-économie qu'elle avait raté à cause d'une question portant sur l'organisation du travail en entreprise et les rotations de poste des ouvriers non polyvalents. Qu'est-ce qu'elle allait pouvoir faire, là, maintenant, tout de suite et toute seule ? Elle se dit que c'était le moment de vérité, que c'était le climax de la prophétie et qu'elle n'avait pas le droit à l'échec. Tout à fait le genre de situation qui la rendait nerveuse. Elle essaya de se concentrer en regardant les branches des arbres, la course des nuages au-dessus de la ville, en respirant l'odeur fade du parc. Elle espérait trouver du courage dans son union avec la nature, comme le faisaient les fées dans les forêts du Moyen Âge. Elle ferma les yeux et essaya de rassembler, sans très bien savoir comment, toute l'énergie qu'elle sentait circuler en elle depuis des mois. Puis, lorsqu'elle crut sentir que cette énergie était prête, dans un soupir, elle lâcha tout. Elle eut l'impression qu'une grande vague océanique, chaude et salée, la traversait de part en part. La sensation était formidable, elle se sentait l'interface parfaite entre les forces du ciel et de la terre, les âmes des minéraux et celles des végétaux lui apparurent sous la forme de milliards de couleurs qui se parlaient d'amour à travers les espaces infinis de l'univers…

– Arrête ! Pourquoi tu fais ça ?

Katerine ouvrit les yeux, elle était assise par terre, les fesses sur le tapis spongieux de la terre et des feuilles mortes, tout le monde la regardait. Mika avait l'air furieuse.

– Quoi ?

– Là ?

Katerine regarda l'endroit que lui indiquait Mika. Un des camions de flics flottait à un mètre au-dessus du sol. Katerine trouva ça pas mal. C'était le plus gros truc qu'elle arrivait à déplacer depuis le début de ses « problèmes de santé ».

– À quoi ça sert de faire ça ?

Mika commençait à lui hurler dessus, mais Katerine qui était encore sous le coup de son orgasme cosmomagnétique s'en foutait éperdument.

– Laisse-la, dit Rosa. C'est pas sa guerre, elle a essayé de nous aider.

Katerine la regarda. Rosa venait de prendre sa défense. C'était la plus belle chose qui lui arrivait depuis le Noël de ses sept ans quand elle avait reçu la maison de Barbie (style victorien avec tous les accessoires, lit, canapé, baignoire deux personnages et cuisine équipée).

Les flics regardaient le camion avec une évidente surprise, mais qui ne les empêchait pas de garder le contrôle de la situation.

– Je savais qu'elle n'allait servir à rien, cette bourge ! fit Mika.

Fred ne comprit pas quel genre d'idée complètement crétine passa dans la tête de la fille à qui il avait embrassé le ventre quelques jours plus tôt, toujours est-il qu'elle se mit en marche. Droit vers les trois flics qui s'apprêtaient à faire passer à Pierre et Kristine la porte du T4. L'idée crétine provoqua une réaction stratégique en chaîne, le genre de réaction contre-productive qui aurait donné des cauchemars à Sun Tsu. Paul la suivit en disant une connerie du genre :

– Je ne te laisse pas y aller seule.

Animée, sans doute, par un vertueux sentiment de solidarité, Rosa suivit et évidemment, derrière elle, Katerine, la cousine au cul sublime, au cul pareil au Graal, cent fois bénit. Alors, pareil à un croisé un peu couillon, Fred suivit le cul et cinquante pas plus loin ils étaient face à l'armée de flics anti-émeute, aussi bien caparaçonnés que les ailes en carbone renforcé de la navette Atlantis. Kristine les vit avant les flics. Les yeux de la limande s'éclairèrent d'une lumière d'espoir. Elle leur cria :

– Ne les laissez pas faire. Ils ont dit qu'ils allaient nous électrocuter, que les filles devraient les sucer, qu'on devrait leur donner les noms des gens qui étaient avec nous. Ne les laissez pas…

Kristine se débattait. Un énorme flic lui fit une sorte de clé par l'arrière, un avant-bras sur la gorge, un autre sur la tête. Enserrée par les bras de l'homme, elle avait l'air minuscule. Ses cris se transformèrent en gargouillis. Pierre se débattit à son tour et leur cria :

– Cassez-vous. On va se débrouiller. Cassez-vous, c'est trop dangereux, on va se débroui…

Un coup de matraque dans le ventre lui fit ravaler la fin de sa phrase, la petite bouche fossile avait dû déguster. Pierre tomba au sol en gémissant. C'en était trop pour Mika, elle fonça vers le flic qui faisait la clé à Kristine :

– Uhre ! schlampe ! arschloch !

Autour d'eux, la foule des manifestants arrêtés commençait à s'exciter pas mal. Ça recommença à siffler et à cracher dans tous les sens. Les flics savaient comment calmer ça, ils avaient reçu des cours sur la psychologie des foules en colère et ils les appliquèrent à la lettre en distribuant des coups de matraque. Paf ! Paf ! Paf ! Un homme saisit Mika qui continuait à hurler et la fit tomber au sol pour lui passer les menottes, rezip ! rezap ! Paul hésita, on sentait un conflit intérieur : y aller et se faire taper dessus ou rester sur place et avoir l'air d'une nouille. Il choisit la nouille, Fred, Rosa et Katerine l'imitèrent.

Kristine ne les avait pas quittés des yeux. Fred croisa son regard et il vit s'éteindre la petite lueur d'espoir qui s'était allumée quand elle les avait vus arriver. L'homme maintenait sa clé et recommençait à la pousser vers l'intérieur du bâtiment. Kristine résistait comme elle pouvait, comme un condamné à mort qui monte sur l'échafaud mais qui sait, au fond, qu'il n'y échappera pas. Puis, dans un dernier sursaut, elle se laissa tomber au sol. Fred la vit se tordre pour permettre à sa main droite de faire, malgré les menottes, un rapide mouvement vers la poche de sa veste et en sortir la petite pastille de cyanure. Elle la laissa tomber au sol, roula et la happa avec quelques feuilles mortes.

– Merde ! Elle a pris le cyanure ! hurla Fred.

Le flic auquel elle avait échappé un instant la souleva du sol avec autant de facilité que s'il s'était agi d'un lapin nain et tenta de la faire avancer. Kristine se cabra en arrière, ses yeux se révulsèrent, son corps vibra, comme une corde, et une épaisse mousse blanchâtre s'échappa de sa bouche.

Cette fois ce fut Rosa qui fonça vers le flic. À travers le bruit des cris de la foule et des injonctions de la police, Fred ne comprit pas ce qu'elle disait au flic qui venait de lâcher Kristine pour la seconde fois et qui se rendait compte que quelque chose de grave était en train de se passer. Il hocha la tête et laissa Rosa s'approcher de Kristine. Prudemment, Paul et

Fred s'approchèrent aussi. Mika, fermement maintenue par deux hommes, regardait de loin. Rosa fouilla son sac et sortit une minuscule bouteille rose : un poppers qu'elle ouvrit et mit sous le nez de Kristine.

– Tu crois que ça va lui faire du bien ce truc ? demanda Paul.

Kristine était livide. À cinq mètres de là, Pierre s'était mis à crier : « Kristine ! Kristine ! Kristine ! » Quelque chose de morbide saturait l'atmosphère. Comme dans un mauvais film, la pluie se remit à tomber, de fines gouttelettes roulaient sur le visage immobile de Kristine.

– Les poppers c'est du nitrite d'amyle. Si elle en prend assez il y aura formation de méthémoglobine qui peut se combiner au cyanure et former de la cyanméthémoglobine qui n'est pas toxique. L'ennui c'est que mon père a bien fait les choses et il vous a donné de fameuses doses.

Le flic qui la retenait une seconde plus tôt, s'était mis à genoux à côté de Kristine. Il avait enlevé son casque, c'était un jeune type qui devait avoir leur âge, il hochait la tête d'un air dégoûté. Il se pencha, posa son oreille sur la poitrine de Kristine et tenta un massage cardiaque. Deux autres flics s'approchèrent, il y eut un bref échange en allemand entre les trois hommes. L'un d'eux prit un talkie-walkie et fit un appel que Fred ne comprit pas.

La camionnette de flics avait fini par redescendre, ses roues avaient retrouvé la terre ferme et plus personne n'y faisait attention. Pierre continuait à hurler à la mort et Mika à gesticuler en insultant tout le monde. Le jeune flic lança par-dessus son épaule :

– Läßt, sie sind mit ihnen. Sie werden durch beenden, alle Welt in Panik versetzen zu lassen.

On lâcha Pierre et Mika. Ils coururent vers le corps inerte de Kristine, leurs pieds faisaient plotch ! plotch ! dans la boue. Le niveau dramatique de la scène monta encore d'un cran. Pierre prit la main de celle qu'il aimait mais qui le faisait chier depuis si longtemps, il pleurnichait, un peu de morve et de sang coulait sur son visage. Sans savoir pourquoi, Fred sortit l'appareil numérique et prit une photo. Avec Kristine au sol, tout le monde à genoux autour d'elle, Pierre qui pleurait en lui tenant la main, les visages des flics et des manifestants en arrière-plan, quelque chose dans l'image faisait penser à une descente de croix de la Renaissance italienne. Un instant plus tard une ambulance arriva toutes sirènes hurlantes, deux mecs en tenue orange en sortirent et s'approchèrent du corps en enfilant des gants en caoutchouc.

– Sie hat nahm Zyanür. Ich habe das poppers versucht, aber das hat nichts macht, dit Rosa.

Un des deux mecs en orange fit comme le flic, oreille sur la poitrine, massage cardiaque, il essaya avec un défibrillateur. Pierre ne disait plus rien. Il regardait faire les ambulanciers avec des yeux vides.

– Sie ist gestorben, dit le mec qui avait essayé le défibrillateur. Il se releva. Il dit encore :

– Man geht zum Krankenhaus.

Ils soulevèrent Kristine. Ils la déposèrent sur une civière et l'embarquèrent dans l'ambulance. Pierre et Mika montèrent avec elle. Pour Fred, Katerine et Rosa, il n'y avait plus de place.

Fred aurait trouvé pas mal qu'il y ait un peu de musique, un piano et quelques violons, pour jouer un air triste pendant le générique de fin. Mais ce n'était pas un film, c'était la réalité dans toute sa crudité. Sans metteur en scène pour cadrer les choses, sans les lumières qui s'allument et les gens qui se lèvent. C'était juste la vie qui continuait d'avancer comme d'habitude, avec ses airs de se foutre de tout.

Une fois l'ambulance partie, les flics firent rentrer les derniers manifestants dans les bâtiments du T4 et le silence retomba sur le Tiergarten, seulement troublé par le son de la pluie sur les feuilles mortes, le roucoulement d'un pigeon solitaire et la rumeur de la ville alentour.

Quatrième partie

1
Fred

À son retour, Fred téléphona à son père. Il eut l'impression de parler à la porte blindée du bureau du responsable des emplois jeunes. Il lui fallut vingt-quatre heures et une quinzaine de pétards bien tassés pour parvenir à liquéfier le stress qui s'était cristallisé dans différents points sensibles de son cerveau. Il n'avait plus le moindre euro, il était raide de chez raide, genre la fin de semaine d'un intouchable de la gare de Calcutta. Il revendit sa télé et son lecteur dvd à un type rencontré dans un café, pour faire ses courses chez Carrefour. Il acheta des denrées non périssables : des pâtes, de l'huile, des fruits secs. Il avait des crises d'angoisse, des crises qui le prenaient la nuit, qui le maintenaient éveillé et en sueur jusqu'au matin où il se retrouvait incapable de se lever, cloué au lit par une fatigue sourde et malsaine. Il avait pensé vendre la photographie de Kristine morte avec les flics allemands autour d'elle, mais quantité d'autres photographies circulaient déjà dans les différentes agences de presse. Et puis Kristine était morte d'un empoisonnement qu'elle avait elle-même provoqué, ce n'était pas très informatif comme image. Malgré tout, elle fut diffusée sur le site Indymedia.org avec comme légende : « Une militante se donne la mort. » Indymedia ne payait pas. Fred touchait le fond.

Souvent, la journée, il passait devant un McDo où une pancarte scotchée à la vitrine annonçait : *Nous cherchons des collaborateurs.* Il hésita. Une fois, il avait poussé la porte et il s'était avancé vers un grand boutonneux en rouge et jaune qui se trouvait derrière le comptoir. Il s'était dégonflé et il avait avalé un menu cheese en pensant au suicide.

Avant de passer à l'acte, il avait rappelé son père, il s'était lamenté, pire qu'un chiot qui va rester tout seul pour la journée. Il avait fait son autocritique, tant pis pour l'orgueil, comme Kamenev devant Staline, c'était une question de survie. Il avait même suggéré une sanction : « plus de sports d'hiver, plus de vacances ». Son père avait dit qu'il allait réfléchir et l'avait rappelé le lendemain. Ils avaient reparlé de l'affaire du chauffe-eau et de ce que son père estimait être « ses problèmes avec la drogue ». Fred s'était écrasé comme jamais, il s'était mis plus bas que terre, il avait dit qu'il « avait compris beaucoup de choses à Berlin », il s'enfonça jusque dans la vase, se drapa dans le remords. Il improvisa un sujet de thèse sur la « naissance du capitalisme humaniste dans la crise du textile anglais au XVIIe siècle », il s'en foutait, il était prêt à tout, il lui fallait du fric. Comme il avait dû être convaincant, son père lui dit « d'accord, je crois que nous avons dépassé cette crise », avec son putain de ton de grand patron qui s'adresse à des ouvriers abandonnant un mouvement de grève. Fred dit un merci qui sortit en lui arrachant la gorge. Quand il raccrocha, il se laissa retomber sur son canapé, humilié mais léger, l'esprit un peu plus sale, le cœur un peu moins lourd.

Il avait fermé les yeux, Kristine lui manquait. Il n'arrivait pas à se dire qu'elle était morte et que son corps avait été rapatrié par Europe Assistance, dans la soute d'un Airbus A320 rempli d'hommes d'affaires, de cadres supérieurs et de fonctionnaires européens qui ne se doutaient de rien. Pierre, Paul et Fred avaient croisé ses parents qui étaient venus récupérer le corps. Les parents les avaient regardés comme s'il s'était agi de trois chiens faméliques mais vaguement menaçants dans une ruelle d'une capitale du tiers-monde. Pierre avait voulu expliquer les circonstances, les parents avaient dit qu'ils en avaient assez entendu comme ça, Pierre avait battu en retraite, rejoignant Paul et Fred dans un coin glacial du tarmac au petit matin.

Après ça, Pierre, Paul et Fred ne s'étaient pas revus. Peut-être parce que les mauvais souvenirs sont encore pires quand ils sont partagés. Pour ce que Fred en savait, Paul traînait pas mal, il pensait à partir avec les Chantiers internationaux, ou Oxfam, ou MSF ou Handicap international ou Action contre la faim, mais ce n'était pas si simple. Il fallait une qualification, remettre des dossiers, des lettres de motivation. Alors, il traînait et il soignait son urètre avec un traitement aux antibiotiques qui ravageait son tube digestif et qui transformait ses passages aux toilettes en films d'épouvante. Pierre, lui, avait mis du temps à se remettre du coup de matraque qui, comme Fred l'avait imaginé, avait fait pas mal de dégâts au niveau de la bouche fossile. Les médecins ne comprenaient rien à l'organisme de ce pauvre clone et il avait fini par se retrouver chez un gastro-entérologue qui avait été le seul à s'en sortir avec les lésions de ces étranges muqueuses. Fred avait entendu dire que ses parents l'appelaient souvent de leur « centre de recherches » et lui proposaient de passer, « faire un sauna », prendre des « vitamines », que ça l'aiderait dans son « travail de deuil ». Fred n'avait pas téléphoné. Il avait ses propres problèmes, ses mouches de dedans sa tête, son père, sa misère sexuelle, un chauffe-eau qui s'était remis à fuir, l'absence totale d'inspiration pour sa thèse et l'attente, un peu effrayante mais inéluctable, de la vieillesse.

Et puis il avait un lecteur dvd et une télé à racheter.

2
Katerine et Rosa

Katerine regardait Rosa. Rosa regardait Katerine. Le réveil indiquait midi et des rayons de soleil dorés, hachés par les persiennes, rentraient en séries parallèles pour se déposer aux pieds des deux jeunes femmes comme une offrande divine. Rosa se leva, s'étira comme un chat et enfila les pantoufles en soie du Royal Benja Hotel de Bangkok. Elle était encore mal à l'aise avec le luxe, mais Katerine était bien décidée à l'aider à s'habituer.

Katerine allait mieux. Son ventre, sa peau, les odeurs de cardamome... Tout ça s'était arrêté quelques jours après que Rosa et elle avaient décidé d'essayer. Essayer de vivre une histoire d'amour un peu étrange, nouvelle pour chacune d'elles, mais une histoire d'amour quand même. Katerine savait que la prophétie s'était accomplie, elle était devenue une déesse de l'amour, elle voulait être le miel et l'encens de la vie de Rosa, elle voulait pouvoir lécher sa peau de pêche et de velours, humer ses cheveux, forêt tropicale faite d'agaves et de fougères, embrasser ses lèvres, ruisseau sublime semé de galets lisses et blancs.

Comme dans toutes les grandes histoires d'amour, il y avait eu, au début, des moments difficiles, des moments de doute. Katerine se disait que c'était finalement normal, que les grandes histoires d'amour sont des chaînes montagneuses, toujours un peu intimidantes au début et puis… L'ivresse de l'altitude.

À son tour, Katerine se dirigea vers la grande baie vitrée. Rosa lui passa la main dans les cheveux. Une odeur torréfiée de fruits, d'hydrocarbures et de poulet aux épices leur arrivait de la ville. Au loin, pareil à un diadème géant, le Grand Palais diffractait la lumière du jour.

– La vie est un cadeau, dit Rosa.

Katerine approuva.

3

Mika et Heinrich

Un avion passait dans le ciel. Mika attrapa l'EOS 300D tout neuf et prit une photo de la traînée de condensation blanchâtre. Elle tenta d'en prendre une autre de l'avion, elle zooma au maximum avec le 35 millimètres, mais ça restait flou. Un quadriréacteur, un logo rouge, un grossier déguisement « Virgin » pour un B-52. Il fallait vraiment que les gens soient aveugles pour ne pas comprendre ce qui était en train de se passer. Dans cinq minutes elle prendrait une autre photo pour montrer comment évoluait la traînée blanche, une traînée beaucoup trop dense pour être de la condensation, un bel exemple de « chemtrail ».

La guerre n'était pas finie.

Elle mit un foulard devant sa bouche et jeta un œil au gros morceau de cristal qui se trouvait sur la table. Un « cloud-buster », un filtre à énergie cent pour cent orgonite, le top en matière d'autoprotection, construit selon les découvertes de Wilhelm Reich et les travaux de Don Croft. Mika ne laisserait pas faire, Mika comptait bien survivre et, depuis la manifestation et le lamentable échec de la bande d'incapables qui n'avaient pas été foutus de prendre la moindre photo, Mika savait qu'elle ne devait compter que sur elle-même. Sur Heinrich aussi, et quelques autres… Mais ils n'étaient pas nombreux. La bataille était difficile, inégale. Mais il fallait bien que quelqu'un se batte. Pour les humains et leur salut. Après la manifestation, on n'avait rien su prouver. C'était à peine si les journalistes avaient pointé quelques « débordements ». Le gouvernement s'était félicité de l'emploi d'armes « non létales » qui avait permis d'éviter une « catastrophe ». Quelques plaintes avaient été déposées par ceux qui avaient été retenus plus de vingt-quatre heures entre les murs du T4. Aucune n'avait été retenue. Journalistes, police, justice, tous vendus, tous manipulés. Ce n'était pas nouveau.

Elle entendit Heinrich qui toussait. Ses poumons ravagés par les microfibres d'aluminium le faisaient de plus en plus souffrir. Il n'y avait rien à faire. Même le caisson d'isolation et l'essence de menthol ne le soulageaient plus. Il savait qu'il n'en avait plus pour très longtemps. Alors, dans l'urgence, il travaillait à alimenter son site avec toutes les informations qu'il trouvait. L'hébergeur de Sealand avait augmenté ses tarifs, ils allaient peut-être devoir en changer, Heinrich avait entendu parler d'un hébergeur indépendant situé en Ukraine. Il allait devoir se renseigner, mais il n'avait pas le temps. Il y avait tant à faire, terminer un article sur les satellites espions lancés par Ariane 5, dénoncer les travaux de recherche d'IBM sur les puces sous-cutanées, établir le lien entre le projet Haarp et le tsunami de décembre 2004...

Mika déposa son appareil photo et alla dans le bureau. Heinrich leva les yeux de son clavier et lui sourit.

– Tu n'as besoin de rien ? elle lui demanda.

Heinrich hocha la tête et lui fit signe de s'approcher. Mika vint près de lui et caressa les rides qui barraient le front du vieil homme. Elle se pencha et l'embrassa.

– Je t'aime, dit-elle.

Heinrich la serra contre lui.

– On finira par gagner.

Mika n'en avait jamais douté.

C'était seulement une question de temps.

4
Fabio

Fabio n'avait pas quitté Berlin. Il était bien, là-bas.

Il louait un petit appartement dans Kreuzberg, dormait le jour, vivait la nuit. Il était bien.

Il avait laissé tomber son boulot à la commission, il n'avait pas besoin de ça pour vivre. Il était bien.

Vers dix-huit heures, il se douchait et se changeait, enfilait son jean G-Star, un tee-shirt Levi's et son petit cuir par-dessus. Il se regardait dans le grand miroir qu'il avait placé en face de son lit, il se trouvait mignon et il sortait du côté de Hackescher Markt. Il était bien.

Il avait ses habitudes dans deux ou trois boîtes du coin. Il rentrait, il bombait un peu le torse pour faire ressortir ses pectoraux. Les mecs le regardaient. Il les excitait, ça l'excitait. Il était bien, vraiment bien. Des fois, il prenait des trucs pour rentrer dans la fête : une ligne de crystal, une goutte de DMH avec la tequila, un poppers. Il était bien.

Il rigolait avec des mecs, son petit côté latino faisait des ravages. C'était ça qu'il aimait : sortir, exciter des mecs, s'en brancher un qui ne serait pas trop mal balancé côté physique, aller chez l'un ou chez l'autre et baiser toute la nuit. Baiser à mort. Jusqu'à en avoir mal. Et s'il ne branchait personne, il y avait toujours les back-rooms. Pour baiser à mort, les back-rooms c'était le paradis. On y passait de la techno ou du vieux krautrock, Amon Düül II revenait à la mode. Fabio pouvait baiser des heures. Sans jouir. Il retenait sa sauce des heures entières et quand il lâchait tout, il avait l'impression d'être les chutes Victoria qui arrosent l'Afrique par une nuit d'équinoxe. Les animaux sauvages lui chantaient des cantiques, il touchait du doigt un bout de l'éternité. Il était bien.

Le bonheur c'était son sexe, son sexe c'était le bonheur, il le soignait comme on soigne un petit champion prometteur, il le soignait avec du savon doux et de la crème hydratante Helena Rubinstein. Il lui parlait doucement. Tous les deux, ils avaient une petite langue à eux. Son corps était une machine à aimer. Il était bien.

Souvent, le matin, au moment de fermer les yeux, l'esprit encore tout chaud de l'incendie provoqué par l'ingestion des stimulants, une pensée douce et légère lui venait comme une évidence : La vie est un cadeau. Il le savait, il le sentait, il était bien et il la répétait même parfois à voix haute, la pensée : « La vie est un cadeau. »

Et il s'endormait avec un sourire.

DU MÊME AUTEUR

SITUATION INSTABLE PENCHANT VERS LE MOIS D'AOÛT, *nouvelles*, Éditions Jacques Grancher, 1993

IL Y AVAIT QUELQUE CHOSE DANS LE NOIR QU'ON N'AVAIT PAS VU, *nouvelles*, Éditions Julliard, 1997, (J'ai lu)

À PART MOI, PERSONNE N'EST MORT, *nouvelles*, Le Castor Astral, 1999 (J'ai lu)

PREMIÈRES NOUVELLES !, *nouvelles*, Ancrage, 1999

MORT D'UN PARFAIT BILINGUE, *roman*, 2001, Au diable vauvert (Folio n° 3734)

DE LA TERRIBLE ET MAGNIFIQUE HISTOIRE DES CRÉATURES LES PLUS MOCHES DE L'UNIVERS, *roman jeunesse*, Labor, 2002

FIGURES DU TRANSFERT (ÉPISODES CLINIQUES), *nouvelles*, Le Grand Miroir, 2002

ROYAUMES, *nouvelles*, Le Grand Miroir, 2003

LE PLUS PETIT ZOO DU MONDE, *nouvelles*, Au diable vauvert, 2003 (Folio n° 4239)

TAKE FIVE, *nouvelles*, Le Grand Miroir, 2004

NOM DE CODE : SUPER-POUVOIRS, *roman jeunesse*, Labor, 2005

CARBOWATERSTOEMP, *nouvelles*, Labor, 2005

KURU, *roman*, Au diable vauvert, 2005 (Folio n° 4636)

À PART MOI PERSONNE N'EST MORT, *roman*, Le Castor Astral, 2006

DIX MILLE LITRES D'HORREUR PURE : MODESTE CONTRIBUTION À UNE SOUS-CULTURE, Au diable vauvert, 2007

Impression Bussière
à Saint-Amand (Cher), le 17 février 2008.
Dépôt légal : février 2008.
1er dépôt légal dans la collection : novembre 2007.
Numéro d'imprimeur : 080506/1.
ISBN 978-2-07-033763-7./Imprimé en France.

159236